Un sentiment interdit

NORA ROBERTS

Un sentiment interdit

Titre original : BOUNDARY LINES

Traduction française de JEANNE DESCHAMP

Photo de couverture
Couple : © ROYALTY FREE/STOCKBYTE

83-85, boulevard Vincent-Auriol 75646 PARIS CEDEX 13.
Service Lectrices — Tél. : 01 45 82 47 47
www.harlequin.fr
ISBN 978-2-2802-1794-1

Chapitre 1

Le vent de la vitesse lui giflait les joues, amenant à ses narines les odeurs ténues des premiers printemps. Cheveux au vent, Jillian Baron éperonna sa jument. Mille tâches urgentes requéraient son attention cet après-midi-là. Mais, pour une fois, le travail attendrait. Elle s'était échappée pour quelques heures et continuerait de galoper tant que le soleil resterait haut dans le ciel.

Les sabots rapides de Dalila volaient sur le tapis de boutons-d'or, martelaient l'herbe jeune et drue. Toujours au grand galop, la jument et sa cavalière empruntèrent un chemin de terre brune, bordé de buissons de sauge. Pas un arbre, pas une maison ne venait rompre la vaste ligne d'horizon. Jillian longea un champ de blé qui blondissait sous un soleil déjà brûlant. Plus loin, c'étaient les étendues fleuries des cultures fourragères, déjà presque mûres pour la fenaison. Et dans l'air pur, comme lavé par le grand soleil de printemps, s'élevait le chant clair et liquide des passereaux.

Même si elle exploitait elle-même ces immenses étendues de terres, Jillian n'était pas cultivatrice pour autant. Si quelqu'un lui avait collé cette étiquette, elle en aurait souri. Ou se serait emportée, selon son humeur du moment.

Pour l'éleveuse de bétail qu'elle était, les cultures constituaient un apport appréciable. Tout comme le potager entretenu soigneusement. Produire soi-même son fourrage et ses légumes favorisait l'autonomie d'une exploitation. Et aux yeux de Jillian, l'indépendance figurait parmi les valeurs suprêmes.

Mais si les cultures représentaient un accessoire utile, son cheptel, lui, était sa raison d'être. Les pâturages d'Utopia s'étendaient aussi loin que portait le regard. Ils étaient riches. Vallonnés. Superbes. Et ils avaient appartenu à son grand-père. Et au père de son grand-père avant lui.

Jillian elle-même, en revanche, n'avait pas vu le jour dans les plaines sauvages du Montana. Elle n'était pas née à cheval ; n'avait pas manié son premier lasso avant l'âge de dix ans. Son enfance, elle l'avait passée dans un environnement citadin, penchée sur ses livres de classe dans un quartier résidentiel de Chicago. Parce que son père avait préféré la médecine à la terre. Et que l'Est, urbain et raffiné, l'avait attiré plus que l'Ouest, agricole et sauvage. Un choix que Jillian avait toujours respecté. A la différence de Clay Baron, son grand-père, qui, lui, n'avait jamais pardonné la défection de son fils.

Pour sa part, Jillian estimait que chacun était libre de vivre la vie pour laquelle il se sentait fait. C'était au nom de ce principe qu'elle avait quitté Chicago cinq ans plus tôt. Suivant le trajet inverse de celui pris par son père, elle avait tourné le dos à la vie urbaine pour regagner les terres de ses ancêtres.

Jillian immobilisa sa jument au sommet de la colline. De son poste d'observation, elle dominait les pâturages quadrillés par des lignes de clôture à peine visibles à cette distance. Vues d'en haut, ses terres apparaissaient comme une vaste surface ininterrompue où les bêtes semblaient paître en liberté.

Ce qui avait dû être le cas du temps de ses ancêtres, d'ailleurs, lorsque les ranchers fonctionnaient encore selon le principe du libre pâturage. C'était l'attrait de l'or qui avait amené les premiers Baron jusque dans le Montana. Mais ses arrière-arrière-grands-parents n'avaient jamais poussé jusqu'aux montagnes où se trouvaient les gisements. La beauté et la richesse de la terre les avaient retenus en plaine. Tout comme elle avait été retenue et conquise elle-même la première fois qu'elle était venue séjourner chez son grand-père, à l'âge de dix ans.

Invités — ou, plus exactement, *convoqués* — par le vieux Clay Baron, son frère Marc et elle étaient partis passer leurs vacances d'été dans l'Ouest. Déjà âgé de seize ans, son frère était resté tout aussi insensible à l'appel de la terre que leur père l'avait été avant lui. Alors qu'elle avait compris au premier regard qu'elle était faite pour le ciel libre et les grands espaces. Et pas pour le bitume et les grands immeubles de Chicago.

C'est ainsi qu'à dix ans Jillian avait expérimenté son premier coup de foudre. Pour le ranch, du moins. Car entre son grand-père et elle, l'amour avait été plus long à venir. Coléreux et taciturne, Clay Baron avait toujours été d'un abord revêche. Et le vieillard têtu et solitaire ne vivait plus depuis longtemps que pour ses bestiaux et pour sa terre. Entre le patriarche ombrageux et la jeune citadine délurée qu'elle était encore à l'époque, le premier contact avait été plutôt explosif.

Pendant toute une semaine, ils s'étaient plus ou moins tourné autour. Puis Clay avait commis l'erreur de faire une réflexion désobligeante sur son médecin de fils. Et Jillian, indignée, lui avait volé dans les plumes. La dispute s'était envenimée. Ils avaient fini par hurler. Avec une violence telle que Clay avait même menacé de lui donner le fouet.

Ce jour-là, elle avait réussi à garder les yeux secs et la mine hautaine, même si, à l'intérieur, elle tremblait de peur. A la fin de cette première visite, ils s'étaient séparés à couteaux tirés mais dans une atmosphère de respect mutuel. Puis Clay lui avait envoyé un authentique Stetson pour son anniversaire.

Et c'est ainsi que tout avait commencé entre eux.

Peut-être avaient-ils fini par s'aimer à ce point parce qu'ils avaient pris tout leur temps pour se rapprocher l'un de l'autre. Toujours est-il que Clay lui avait transmis l'essentiel de son savoir pendant ses années d'adolescence. Et cela sans jamais avoir eu l'air de lui enseigner quoi que ce soit. Au fil des étés passés à Utopia, elle avait appris à prévoir le temps en regardant les nuages et en jaugeant la qualité de l'air. Elle avait mis des veaux au monde, monté des kilomètres de clôture, et rabattu les troupeaux comme un vrai garçon vacher.

Son grand-père, elle l'appelait par son prénom car ils étaient devenus de vieux amis. Lorsqu'elle avait goûté sa première — et dernière — prise de tabac à chiquer, Clay s'était contenté de lui tenir la tête pour l'aider à vomir. Sans lui faire l'ombre d'une remarque.

Quand la vue de son grand-père avait commencé à faiblir, Jillian était entrée un beau jour dans son bureau et Clay lui avait montré comment tenir les registres comptables. Entre Clay et elle, les grandes décisions avaient toujours été prises de façon tacite.

Le jour où elle était venue s'établir définitivement à Utopia, elle s'était contentée de poser ses valises. Et son grand-père lui avait ouvert sa porte sans demander d'explications. De la maladie de Clay, il avait également été très peu question. Jamais non plus il n'avait mentionné son testament devant elle. Mais bien avant que son grand-père ne rende son dernier soupir, Jillian avait su que le ranch serait pour elle.

Car Utopia était devenu sa raison de vivre. Ses souvenirs de l'Est, elle les avait enterrés de façon définitive. Avec plus de facilité d'ailleurs qu'elle n'en avait eu à enterrer son grand-père.

Son chagrin à la mort de Clay avait été purement égoïste et Jillian en avait conscience. Son grand-père avait eu une vie longue et pleine. Et il avait eu la chance de mourir avant que la maladie ne l'amoindrisse. Il aurait détesté se sentir faible, impuissant et inutile.

Tout comme il aurait été furieux de la voir pleurer sur lui, d'ailleurs.

« Bon sang de bois, ma fille, tu n'as rien de mieux à faire de ton temps que de pleurnicher ? Tu as oublié que tu avais un ranch à exploiter, peut-être ? Prends deux ou trois de nos jeunes gars avec toi et va vérifier l'état de tes clôtures avant que notre bétail se disperse d'un bout à l'autre du Montana ! »

Avec un léger sourire, Jillian revit son grand-père en train de pester et de râler. Et se souvint qu'elle ne s'était jamais gênée pour lui répondre sur le même ton :

— Tu vas voir, espèce de vieil ours grincheux ! Rien que pour t'embêter, je vais faire d'Utopia le meilleur ranch du Montana, lança-t-elle dans le silence peuplé de chants d'oiseaux.

Eclatant de rire, elle renversa son visage radieux vers le ciel. Sa monture donna des signes d'impatience.

— Tu as raison, Dalila, murmura-t-elle en flattant l'encolure de la jument. Profitons de notre liberté au lieu de rester là à broyer du noir.

Faisant tourner bride à la jument, elle repartit au petit trot, savourant ces quelques instants volés à l'écrasant labeur quotidien. Même si elle avait du mal à ne pas penser à la génisse malade qu'elle avait dû isoler dans le corral. A la Jeep qui venait de tomber en panne pour la troisième fois cette année, A la clôture qui marquait la ligne de frontière infranchissable entre les terres des Murdock et les siennes.

Jillian fit la grimace comme chaque fois que le nom honni de ses voisins traversait ses pensées. La vieille inimitié entre les Baron et les Murdock remontait loin, très loin dans le passé. De fait, les hostilités entre les deux familles avaient débuté dès le premier jour où Noah Baron, son arrière-arrière-grand-père avait fondé Utopia. Le ranch des Murdock était déjà riche et prospère, à l'époque. Alors que les Baron étaient arrivés avec, pour toutes possessions, les quelques rares affaires qu'ils avaient pu transporter avec eux.

Pour les Murdock, qui avaient le mérite de l'ancienneté, les Baron étaient des intrus tout juste bons à être chassés. Jillian serra les dents en se remémorant les histoires racontées par son grand-père. Entre les deux familles, les escarmouches avaient été incessantes. Des clôtures avaient été détruites à dessein, des récoltes saccagées, du bétail volé.

Mais les Baron s'étaient accrochés. Et même s'ils avaient moins de terres et moins de troupeaux que les Murdock, Utopia constituait malgré tout une belle réussite. Si Clay avait eu la bonne fortune, comme Paul Murdock, de trouver du pétrole sur son domaine, ils auraient pu se permettre, eux aussi, de se lancer dans l'élevage de pur-sang.

Mais ça, c'était une question de chance, pas de compétence. Et elle était fière d'élever ses vaches Hereford et d'en obtenir un bon prix. Le bœuf de chez Baron était de qualité extra. Et cela, tout le monde le savait.

C'est à peine si on pouvait dire, d'ailleurs, que les Murdock étaient encore des éleveurs. Il y avait plus d'un an, déjà, que personne n'avait revu le vieux Paul Murdock à cheval, rassemblant ses troupeaux ou vérifiant l'état de ses clôtures. Le patriarche, qui était de la génération de son grand-père, devait passer ses journées à compter ses profits et à tremper dans des opérations de basse politique.

Jillian ricana tout haut. Une fois qu'elle aurait fini de moderniser Utopia, le Double M des Murdock ne ressemblerait plus qu'à un vulgaire ranch de pacotille destiné à amuser les touristes.

Rassérénée par cette pensée, Jillian lança sa jument au galop sur l'étroit sentier qui courait le long de la pointe est de son exploitation. Trop caillouteuse pour la charrue, trop aride et irrégulière pour servir de pâturage, cette mince portion de terre était toujours restée à l'état sauvage. Pour Jillian, c'était une destination de prédilection lorsqu'elle souhaitait bénéficier d'un moment de calme.

Personne ne venait jamais par ici. Ni ses employés

à elle ni les hommes de Murdock. Même la clôture qui marquait la séparation entre les deux exploitations s'était effondrée depuis longtemps sans que personne juge utile de la remettre en état.

Pas une âme ne se souciait de ce petit coin de nature, sauvage et isolé. Et il était d'autant plus cher à Jillian que tout le monde s'en désintéressait. Dans ces paysages où les arbres étaient rares, elle appréciait de trouver quelques peupliers, un bouquet de trembles aux feuilles d'un vert encore tendre et hésitant. Un pinson donna de la voix, couvrant de son chant le martèlement des sabots de Dalila.

Jillian savait qu'elle risquait aussi de faire des rencontres moins sympathiques. Et qu'il n'était jamais exclu, dans ces contrées, de trouver un serpent à sonnette ou un coyote sur son chemin. Mais comme tout cow-boy qui se respecte, elle ne se promenait jamais sans un fusil attaché à sa selle.

Attirée par l'odeur de l'eau, Dalila se dirigea droit vers l'étang. Avec un léger sourire, Jillian laissa la jument aller à sa guise. Ce ne serait pas une mauvaise idée après tout de retirer ses vêtements et de piquer une tête. Cinq minutes passées dans cette eau claire et glacée la rafraîchiraient pour le restant de la journée.

Laissant retomber ses rênes, elle se détendit sur sa selle. Si son grand-père l'avait vue ainsi, il aurait hurlé. « Quand tu es seule, ne relâche jamais ta vigilance, poids plume. *Jamais*, tu m'entends ? »

Mais Jillian ne songeait déjà plus qu'au plaisir qu'elle aurait à glisser nue dans l'eau froide avant de se laisser sécher en plein soleil.

La jument, cependant, perçut le danger avant elle. Dalila se cabra si brusquement que Jillian pensa aussitôt à un reptile. Tout en essayant de calmer sa monture d'une main, elle voulut détacher son fusil. Mais avant qu'elle ait eu le temps de reprendre son souffle, elle fut propulsée dans les airs et atterrit de tout son long dans l'étang. Juste avant son vol plané, cependant, elle avait eu le temps de voir que le serpent qui l'avait fait chuter n'était pas de l'espèce rampante mais appartenait à la race qui se déplace sur ses deux pieds.

Jurant et crachotant, elle refit surface. Elle repoussa les cheveux trempés qui lui tombaient sur les yeux et se tourna vers l'intrus qui chevauchait un étalon bai. Dalila dansait nerveusement sur place tandis que l'inconnu retenait sa puissante monture.

Sous le classique chapeau à large bord des cowboys, l'homme de haute taille avait d'épais cheveux noirs et bouclés. Le visage à demi dissimulé par le Stetson était anguleux et rude, avec des traits équilibrés. Il avait un nez droit au tracé aristocratique ; et sa bouche au dessin ferme et énergique conférait une certaine solennité à l'ensemble.

Jillian ne prit pas le temps d'admirer la façon magistrale dont cet individu se tenait en selle. Mais elle ne put que remarquer son regard, en revanche.

Ses yeux étaient aussi noirs que ses cheveux. Et distinctement moqueurs.

— Qu'est-ce que vous fichez ici ? lança-t-elle d'un ton menaçant.

L'homme lui opposa un silence impassible. Et s'accorda tout loisir, en revanche, pour admirer la jeune naïade. Il la trouvait tout simplement magnifique. Mouillés, ses cheveux flamboyants avaient pris la riche couleur du cuivre. Ils encadraient un visage ovale, d'une élégance discrète et tout en finesse. Ses yeux vert jade lançaient des éclairs. Elle avait l'air aussi redoutable qu'une chatte sauvage en colère.

Il laissa son regard glisser plus bas et nota la bouche aux lèvres pleines, presque voluptueuses, offrant un contraste intéressant avec le menton trop volontaire. La fille était grande, longiligne et assez peu pourvue en matière de rondeurs et de courbes. Et pourtant, avec sa chemise trempée qui la moulait comme une seconde peau, elle lui apparut comme l'image même de la féminité.

Loin de sembler effrayée par sa présence, elle lui jeta un regard qui en aurait cloué plus d'un sur place.

— Je vous ai posé une question, je crois : que faites-vous ici, sur ma propriété ?

Toujours sans prendre la peine d'ouvrir la bouche, l'inconnu descendit de cheval avec une aisance qui dénotait une longue habitude. Se dirigeant vers elle d'un pas impérieux, il s'immobilisa soudain pour lui sourire.

Un sourire si dangereusement attirant que Jillian en eut un instant le souffle coupé. Il lui offrit sa main tendue.

— Puis-je vous aider à sortir de là ?

Refusant le soutien offert, Jillian s'extirpa de l'étang par ses propres moyens. Trempée, réfrigérée et plus remontée que jamais, elle plaça les mains sur les hanches.

— Vous n'avez pas répondu à ma question.

Décidément, elle ne manquait pas de cran. Amusé, il glissa les pouces dans les poches de son pantalon.

— Je peux vous assurer que cette terre n'est pas la vôtre, mademoiselle…

— Baron, compléta Jillian avec hauteur. Et vous ? Qui êtes-vous pour contester que ce sol m'appartienne ?

Il porta la main à son chapeau, avec plus d'insolence que de respect.

— Aaron Murdock.

Il sourit lorsque, plus féline que jamais, elle émit une brève expiration sifflante.

— Et la ligne de frontière passe juste ici, poursuivit-il en désignant une ligne imaginaire qui passait entre ses bottes et les siennes. Elle doit couper l'étang juste en son milieu. Et si mes calculs sont bons, vous avez atterri de mon côté.

Aaron Murdock… Le fils et l'héritier. N'était-il pas censé gérer le pétrole paternel dans de prestigieux bureaux à Billings ? A première vue, il ressemblait plus à un cow-boy habitué à vivre à la dure qu'au citadin policé que lui avait décrit Clay. Mais ce n'était pas le moment de méditer sur ces questions de détail.

L'essentiel, en l'occurrence, étant de défendre son territoire.

— Si j'ai atterri de votre côté, c'est uniquement parce que vous traîniez dans le coin avec un cheval non castré.

Du menton, elle désigna le superbe étalon.

— Vous ne seriez pas tombée si vous aviez tenu vos rênes correctement, rétorqua-t-il.

Le fait qu'il ait raison ne servit qu'à exacerber la colère de Jillian.

— Son odeur a effrayé Dalila.

— Dalila, vous dites ?

Avec un regard amusé, il se tourna vers la jument.

— Ça doit être le destin, murmura-t-il. N'est-ce pas, Samson ?

Obéissant, l'étalon vint lui poser la tête sur l'épaule. Refrénant un sourire, Jillian pinça les lèvres.

— Souvenez-vous du sort échu au véritable Samson et tenez-le à distance de *ma* jument.

— Jolie pouliche, commenta Aaron, les yeux rivés sur Jillian. Un peu nerveuse, peut-être ? Mais elle ferait une bonne poulinière.

Les yeux verts de Jillian se plissèrent de façon menaçante.

— La reproduction de mes chevaux me regarde, Murdock. Dites-moi plutôt pourquoi vous êtes venu traîner dans le coin. Vous ne trouverez pas de pétrole par ici.

— Je n'en cherchais pas… Je ne cherchais pas de femme non plus, d'ailleurs, précisa-t-il lentement en jouant avec une mèche de ses cheveux. Et il semble pourtant que je viens d'en trouver une.

Jillian ressentit une sensation étrange dans la poitrine. Comme une expansion soudaine. Un mélange détonant d'oppression et d'excitation, de tension et d'allégresse. « Oh, non ! » songea-t-elle consternée en reconnaissant le symptôme. Elle avait eu un moment de regrettable faiblesse à vingt ans. Mais il était hors de question qu'elle retombe une seconde fois dans le même piège.

Elle baissa un instant les yeux sur les longs doigts hâlés qui jouaient dans ses cheveux. Puis elle planta son regard dans le sien.

— Vous tenez à votre main, Murdock ? s'enquit-elle d'une voix suave.

Pendant une fraction de seconde, il hésita, comme s'il était tenté de relever le défi. Avec un haussement d'épaules, cependant, il lâcha la mèche prisonnière.

— Pas commode, la petite, n'est-ce pas ? Mais vous avez toujours été prompts à dégainer, vous, les Baron.

— Pour nous défendre, oui, rectifia Jillian.

Ils se mesurèrent du regard. Des étincelles volèrent. Mais pas seulement. Le courant d'attirance mutuelle qui circula entre eux les inquiéta l'un et l'autre par son intensité.

— Je suis désolé pour le vieux Clay, déclara Aaron d'un ton plus sobre. C'était votre grand-père, je suppose ?

Jillian garda le menton levé en signe de défi. Mais il vit une ombre de tristesse endeuiller le vert lumineux de ses yeux.

— Mon grand-père, oui.

Ainsi, elle l'avait aimé, le vieux bougre, grincheux et taciturne. Etonnant. Aaron se frotta le menton.

— Alors vous devez être la petite fille qui venait passer ses étés ici, dans le temps. Jill, c'est ça ?

— Jillian, rectifia-t-elle froidement.

Il sourit.

— Jillian… C'est un prénom qui vous va bien, en effet.

— Pour vous, ce sera mademoiselle Baron.

Aaron choisit de ne pas faire de commentaires.

— Si vous avez confié la direction de l'exploitation à Gil Haley, vous n'avez pas trop de soucis à vous faire. Le ranch devrait tourner comme une horloge.

Une lueur outragée brilla dans les yeux verts.

— La direction d'Utopia, c'est à moi qu'elle revient, Murdock.

— Vous ? releva-t-il, amusé.

— En personne, oui. Et je n'ai pas passé les cinq dernières années bouclée dans un gratte-ciel de Billings, à fixer un écran d'ordinateur. Utopia m'appartient et je travaille dans ce ranch *de mes mains* au lieu de me contenter de parader dans les foires en exhibant les prix remportés par ma viande.

Ignorant sa protestation, Aaron prit les deux mains en question dans les siennes et les examina avec curiosité. Elles étaient vivantes et fortes, calleuses et compétentes. Et représentaient une véritable bouffée d'oxygène pour lui, après toutes les mains oisives et manucurées qu'il avait eu l'occasion de tenir à Billings.

— Intéressant, murmura-t-il.

Jillian fulminait. Elle était furieuse qu'il puisse ainsi la maîtriser sans effort. Furieuse contre le sang indocile qui rugissait à ses tempes. Furieuse contre la fascination dont elle se sentait prisonnière.

Une odeur séduisante de cuir, d'homme et de cheval venait lui troubler les narines. Un anneau couleur ambre entourait les iris d'Aaron, accentuant encore l'impression de profondeur que donnait son regard sombre. Une fine cicatrice courait le long de sa mâchoire gauche. Et ses lèvres…

Refusant le vertige qui menaçait, Jillian se rejeta en arrière. Une fois déjà, elle avait succombé à ce genre de sirènes. Et elle avait fini soumise, sentimentale, dépossédée d'elle-même.

Par chance, elle n'était plus aussi naïve à vingt-cinq ans qu'elle l'avait été cinq ans plus tôt.

— Je crois vous avoir déjà mis en garde pour vos mains, Murdock.

Le visage d'Aaron demeura impassible.

— En effet, oui. Pourquoi ?

— Je déteste qu'on me touche.

Son regard, étrangement intuitif, plongea dans le sien.

— Tout animal à sang chaud — y compris l'être humain — a besoin de contact physique. Quelqu'un vous aurait-il touchée de mauvaise manière, Jillian ?

Elle ne cilla pas.

— Vous empiétez sur mon domaine privé, Murdock.

— C'est possible. Peut-être faudrait-il envisager de remettre la clôture.

— Très drôle.

Cette fois, lorsqu'elle chercha à se dégager, il desserra lentement sa prise.

— Contentez-vous de rester de votre côté, suggéra-t-elle.

— Et si je passe la frontière ?

Elle leva le menton.

— Je réglerai votre cas.

Tournant le dos à l'ennemi, Jillian se dirigea vers Dalila, résistant à la tentation de flatter l'encolure de Samson au passage. Une fois en selle, elle eut la satisfaction de regarder Aaron de haut.

— Profitez bien de vos vacances à la campagne, Murdock, ironisa-t-elle. Et attention de ne pas vous épuiser, surtout.

Imperturbable, Aaron leva la main pour caresser les flancs de Dalila.

— Je tâcherai de suivre cet excellent conseil, Jillian.

Elle se pencha pour lui jeter un regard noir.

— Mademoiselle Baron.

A sa grande surprise, Aaron l'attrapa par la bride de son chapeau pour amener son visage à hauteur du sien.

— Je préfère Jillian... On vous a déjà dit qu'un homme se vautrerait volontiers pendant des heures dans l'odeur qui émane de vous ?

Jillian fit abstraction des battements désordonnés de son cœur et le gratifia d'un sourire hautain.

— Vous me décevez, Murdock. Je pensais qu'un citadin comme vous était capable de formuler des compliments qui sentent un peu moins la bouse et le fumier.

— Je tâcherai de m'entraîner. Et je vous promets de faire mieux la prochaine fois.

Avec un léger rire, elle effleura les flancs de Dalila avec ses étriers.

— Il n'y aura pas de prochaine fois.

La jument allait s'élancer lorsqu'il la retint fermement par la bride.

— Je vous croyais plus fine que cela, Jillian. Nous nous reverrons, quoi qu'il arrive, et vous le savez aussi bien que moi.

— Vous semblez déterminé à vouloir mettre votre main en danger, Murdock.

Sur un sourire désinvolte, il tapota les flancs de Dalila, puis se tourna vers sa propre monture.

— A très bientôt, Jillian.

Furieuse, elle attendit qu'il soit monté sur Samson. Les deux chevaux se retrouvèrent nez à nez, mâle contre femelle, nerveux, frémissants et dansant sur place l'un et l'autre.

— Je ne vous le répéterai pas, Murdock : restez de votre côté, ordonna-t-elle entre ses dents serrées juste avant d'éperonner sa jument.

Fines, nerveuses et racées l'une et l'autre, la cavalière et sa monture s'éloignèrent au grand galop. Samson poussa un hennissement d'impatience. Aaron l'apaisa en lui caressant l'encolure.

— Désolé, mon vieux. Tu ne peux pas l'avoir cette fois-ci. Mais bientôt, elle sera à toi, mon beau Samson... Bientôt.

Le vent et la vitesse aidèrent Jillian à digérer sa colère. Elle laissa la jument galoper à sa guise, en songeant que Dalila avait peut-être besoin, elle aussi, de calmer les ardeurs de son sang. Samson et son maître étaient aussi troublants l'un que l'autre. Si l'étalon n'avait pas appartenu à un Murdock, elle aurait demandé une saillie pour Dalila et cela sans lésiner sur le prix. Elle avait quelques beaux chevaux à Utopia. Mais aucun dont les qualités soient comparables à celles du superbe étalon d'Aaron Murdock.

Jillian regrettait par ailleurs que ce dernier ne ressemble en rien au businessman tiré à quatre épingles qu'elle avait imaginé. Un citadin aux manières raffinées l'aurait laissée de glace.

Pourquoi fallait-il que cet Aaron lui ait coupé les jambes ainsi ? Une femme dans sa position ne pouvait se permettre ce genre d'attirance. Et surtout pas pour un rival appartenant au camp ennemi.

Jillian secoua la tête. C'était le moment ou jamais de garder les pieds sur terre, au contraire. Car elle n'avait pas seulement hérité des terres de son grand-père. Il lui avait également transmis son ambition. Et elle était déterminée à faire d'Utopia l'empire dont rêvaient ses ancêtres.

Déjà, elle avait versé un premier acompte pour acheter le petit avion indispensable à tout rancher moderne mais que son grand-père avait toujours obstinément refusé d'acquérir. Une fois qu'ils auraient l'appareil, ils pourraient survoler le ranch en quelques heures à peine. Le bétail égaré serait repéré facilement. Et les clôtures abîmées également.

Si Jillian était attachée à la tradition, elle n'en croyait pas moins à la nécessité de moderniser les équipements pour alléger les tâches. Les Jeep et les pick-up avaient leur utilité, mais elles ne reniaient pas non plus les chevaux et les bons vieux lassos de toujours. Si les temps et la technologie avaient changé, l'état d'esprit, lui, restait toujours le même.

L'éleveur, comme n'importe quel autre exploitant agricole, restait tributaire des éléments et dépendait des caprices de la terre comme du ciel. Ne pouvant tabler sur rien ni sur personne, il ne devait, au fond, compter que sur lui-même. Telle avait toujours été la philosophie de Jillian.

Renonçant à ses projets de farniente, elle s'orienta vers le nord et galopa le long de la ligne frontière entre ses terres et celles des Murdock. Puisqu'elle n'était plus d'humeur à vagabonder, autant se rendre utile et vérifier l'état des clôtures.

Jillian passa au trot à côté d'un pâturage où des vaches à la tête blanche continuèrent à paître tranquillement sans se soucier de sa présence. De loin, elle entendit le vrombissement d'un moteur. Jillian fit la grimace en reniflant les gaz d'échappement. C'était un crime de couvrir les bonnes odeurs d'herbe et de bétail avec de pareilles pestilences. Mais les temps étaient révolus depuis longtemps où seuls les chevaux avaient droit de cité dans un ranch.

Se dirigeant dans la direction d'où venait le bruit, elle repéra le vieux pick-up de Gil Haley. Jillian leva la main en guise de salut et galopa pour le rejoindre. Gil était un des rares cow-boys authentiques qui travaillaient encore dans la région. Elle songeait parfois que Gil aurait été parfaitement heureux s'il avait pu continuer à vivre en errant, accompagnant les troupeaux pour la transhumance, avec son vieux sac de couchage et une bonne provision de tabac à mâcher pour seules possessions.

Elle immobilisa Dalila devant lui et sourit.

— Salut, Gil !

— Ah ! te voilà, toi. Où avais-tu disparu ? s'enquit-il de sa voix rauque et traînante.

Gil n'avait jamais été homme à perdre son temps en politesses inutiles. Il disait ce qu'il avait à dire sans jamais utiliser un mot de trop.

— Il y a un problème, Gil ?

— Une imbécile de vache s'est emberlificotée dans des fils barbelés un peu plus haut, marmonna-t-il en déplaçant sa chique. Mais nous avons réussi à la dégager avant qu'elle ne fasse trop de dégâts.

Jillian hocha la tête.

— Quelqu'un a vérifié les clôtures côté ouest, aujourd'hui ?

L'œil à demi clos, comme si son visage avait été définitivement déformé par la chique qui traînait en permanence au coin de sa bouche, Gil la dévisagea un instant sans rien dire.

— Non. Pourquoi ?

— Je m'en charge… Tu sais que je suis tombée sur Aaron Murdock, au fait ? précisa-t-elle après une légère hésitation. Ça m'a surprise de le voir ici. Je croyais qu'il était à Billings.

Gil secoua la tête.

— Aaron a récupéré le ranch.

— Le ranch ? Mais qui va s'occuper de leur or noir, alors ?

— Sa sœur a épousé un magnat du pétrole, précisa Gil, qui ne disait pas grand-chose mais était toujours au courant de tout. Alors le vieux Paul s'est débrouillé pour faire revenir son fils.

Jillian demeura un instant sous le choc.

— Tu veux dire qu'Aaron Murdock dirige le Double M ? Et qu'il ne repartira pas pour Billings ?

Gil cracha avec une remarquable expertise.

— Le vieux Murdock ne doit pas être loin de ses soixante-dix ans. Il a peut-être envie de se reposer un peu et de passer la main.

Jillian réprima un soupir. Ainsi, elle allait avoir un Murdock sur le dos, tout compte fait. Depuis cinq ans qu'elle vivait à Utopia, elle n'avait pas croisé le vieux Paul une seule fois. Mais Aaron avait déjà trouvé le moyen d'envahir un lieu qu'elle considérait comme son havre privé. Même s'il lui fallait bien admettre qu'il en était propriétaire pour moitié.

— Il y a longtemps que le jeune Murdock est revenu de Billings ?

Gil prit son temps pour répondre, tirant distraitement sur ses longues moustaches grises.

— Quelques semaines, je crois.

Quelques semaines seulement. Et déjà il avait fallu qu'elle tombe sur lui. Et que leur rencontre fasse des étincelles, en plus.

Renonçant à questionner Gil plus avant en présence de ses hommes, Jillian prit congé d'un signe de tête.

— Je vais vérifier les clôtures, annonça-t-elle en tournant bride.

Gil la suivit des yeux d'un œil rieur. Il n'avait peut-être plus tout à fait la vue de ses vingt ans, mais il avait remarqué que les vêtements de Jillian étaient mouillés. Et que ses yeux verts lançaient des éclairs.

Ainsi Aaron Murdock et elle étaient tombés l'un sur l'autre ? Et la rencontre avait été explosive, apparemment ? Intéressant.

Avec un petit rire songeur, Gill redémarra son pick-up.

— Regarde droit devant toi, petit, ordonna-t-il au jeune employé de ferme qui se dévissait le cou pour essayer de capter une ultime image de Jillian volant sur Dalila au milieu des pâturages.

Chapitre 2

Dans un ranch, la journée de travail débutait bien avant le lever du soleil. Il y avait des animaux à nourrir, des œufs à ramasser, des vaches à traire. Habituée depuis toujours à participer à ces corvées, Jillian n'avait même pas sonSgé à s'y soustraire lorsqu'elle était devenue propriétaire. Alors qu'elle sortait de la maison de maître pour se diriger vers l'écurie, les premières lueurs de l'aube se dessinaient à peine sur la ligne d'horizon. Elle passa à côté de la cantine du ranch, humant avec plaisir les odeurs fortes de café et de viande grillée.

Dans la cour régnait une joyeuse effervescence. Même à cette heure matinale, l'air était doux ce jour-là. Et tout le monde se réjouissait que le rude hiver du Montana soit enfin mort et enterré.

La première visite de Jillian fut pour Dalila. Elle s'occupait toujours de sa jument en priorité avant de passer aux autres chevaux. Une fois ce petit monde nourri et sorti dans le corral, il ne lui resta plus qu'à poursuivre son chemin vers l'étable où les vaches à lait attendaient la traite.

— Jillian ?

Elle s'immobilisa pour saluer Joe Carlson, le responsable des troupeaux qu'elle avait embauché six mois plus tôt malgré l'avis défavorable de son grand-père. Joe n'avait ni la tenue ni l'allure des cow-boys qui travaillaient au ranch. Il se déplaçait en Jeep plutôt qu'à cheval et son chapeau en feutre gris était toujours d'une propreté impeccable. Mais même Gil avait dû admettre que Joe connaissait son boulot comme personne. Et Jillian comptait sur lui pour améliorer la qualité de sa viande.

— Ça va, Joe ?

Il vint à sa rencontre en secouant la tête.

— Bon sang, Jillian, déjà levée ! Quand cesseras-tu de faire des journées de travail de quinze heures ?

Avec un léger rire, Jillian repartit vers la laiterie en adaptant son pas à celui, plus lent, de son responsable des troupeaux.

— J'arrêterai en août. Lorsqu'il faudra passer à des journées de travail de dix-huit heures.

Joe l'arrêta à l'entrée du bâtiment en lui posant la main sur l'épaule. Une main sans cals et aux ongles nets. Une main qui, inexplicablement, lui en rappela une autre. Plus forte. Plus dure. Plus brune.

— Tu sais que tu peux être propriétaire d'un ranch sans pour autant participer à l'intégralité des tâches ? Tu finiras par te tuer si tu continues comme ça. Pourquoi ne pas embaucher quelqu'un pour diriger l'exploitation à ta place ?

— Ce ranch n'est pas un jouet pour moi, Joe.

Lorsque je ne me sentirai plus capable de le diriger moi-même, je le vendrai.

— Tu travailles trop.

— Et toi, tu *t'inquiètes* trop, rétorqua-t-elle en riant. Et c'est très gentil de ta part, d'ailleurs. Comment va notre ami le taureau Hereford ?

Joe sourit, révélant une belle rangée de dents, blanches et régulières.

— C'est une brute redoutable. Mais il fait son boulot. Jusqu'à présent, il a monté toutes les vaches que nous avons lâchées dans son périmètre d'action. Il est insatiable.

— Prions pour qu'il le reste, murmura Jillian en songeant à la somme vertigineuse qu'elle avait dû débourser pour acquérir le reproducteur en question.

— Attends que les vaches commencent à mettre bas et tu te rendras compte par toi-même. Utopia aura bientôt du bœuf pur-sang de qualité impeccable, je te le garantis. Tu veux venir jeter un coup d'œil sur notre bourreau des cœurs ?

— Le taureau ? Tout à l'heure, peut-être... Tu sais quoi, Joe ? J'aimerais le voir remporter le premier prix à la foire de juillet, lança-t-elle par-dessus l'épaule en entrant dans la laiterie. Et, pour une fois, battre le candidat des Murdock. Tu ne peux pas imaginer quel plaisir cela me ferait.

Le soleil brillait déjà avec force lorsque Jillian se donna enfin le temps d'avaler un petit déjeuner consistant. Avec un emploi du temps aussi chargé que le sien, elle aurait dû avoir l'esprit trop occupé pour penser à Aaron Murdock. Mais, depuis leur rencontre de la veille, son voisin lui hantait l'esprit en permanence. Parce qu'il avait excité sa curiosité, peut-être. Avec un peu de chance, elle parviendrait à l'oublier, une fois qu'elle en saurait un peu plus à son sujet.

Il ne lui restait donc qu'une chose à faire : mener l'enquête. Elle réussit à arrêter Gil juste au moment où il démarrait au volant de son pick-up.

— Je viens avec toi, annonça-t-elle en sautant à bord.

Avec un haussement d'épaules, il cracha sa chique par la vitre ouverte.

— Tu fais bien comme tu veux.

Jillian ne put s'empêcher de rire.

— Quelle exquise galanterie, Gil, ironisa-t-elle. Je ne comprends pas qu'un beau parleur comme toi n'ait jamais trouvé à se marier.

Un discret sourire frémit sous la moustache grise.

— Tu n'as jamais eu la langue dans ta poche, fillette. Et si tu t'occupais du tien, de mariage ? Tu n'as que la peau sur les os, mais tu n'es pas vilaine.

Jillian posa un pied chaussé de botte sur le tableau de bord et rajusta son chapeau.

— Je préfère vivre seule. Les hommes disent toujours ce qu'il faut faire et comment le faire.

— Ce n'est pas bon pour une femme de tenir un ranch toute seule, décréta Gil.

— Les hommes le font bien, eux.

— Les hommes, ce n'est pas pareil.

— Ils sont meilleurs que nous ?

Gil secoua la tête avec un léger sourire en coin.

— Pas meilleurs, non. *Différents*, je te dis.

Avec un grand rire, Jillian lui tapa affectueusement sur l'épaule.

— Espèce de vieux bouc machiste, va. Je te pardonne si tu me parles de Paul et d'Aaron Murdock. La famille a été déchirée par de gros conflits, si j'ai bien compris ?

— Il y en a eu quelques-uns, oui. Les Murdock ont toujours été de fortes têtes.

— Il paraît. C'est à la suite d'un clash avec son père qu'Aaron est parti pour Billings, je crois ?

— Il y a eu du rififi au Double M, lorsque le jeune Murdock est revenu avec son diplôme d'université en poche et des idées « d'amélioration » plein la tête, maugréa Gil avec la morgue propre aux autodidactes.

Son dédain la fit sourire.

— Si son père lui a payé des études, c'était peut-être bien pour qu'il ramène des idées neuves, non ?

Gil émit un vague grognement.

— C'est possible. Mais le vieux Murdock a dû estimer que son rejeton était un peu trop pressé de mettre ses connaissances en pratique. On raconte qu'Aaron a accepté alors de travailler trois ans pour son père avant de prendre lui-même la direction du ranch.

Gil s'immobilisa devant une grille. D'un bond, Jillian descendit du pick-up pour l'ouvrir. Un faisan détala dans l'herbe, juste à quelques pas.

— Et alors ? s'enquit-elle, sitôt remontée en voiture.

Gil lui jeta un regard en coin.

— Le sujet t'intéresse, on dirait ? Eh bien, au bout de trois ans, le vieux Murdock n'était toujours pas prêt à passer la main. Et il a refusé de céder la place. Du coup, le jeune Murdock a claqué la porte et il est parti en annonçant qu'il monterait sa propre exploitation.

— C'est ce que j'aurais fait à sa place, commenta Jillian. Son père n'avait pas le droit de revenir sur la parole donnée.

— Sans doute pas, non. Et pourtant, Aaron s'est ravisé, finalement. Au lieu d'acheter son propre ranch, il a accepté d'aller à Billings, où il a pris en main la gestion des puits de pétrole familiaux. Personne n'a compris pourquoi il avait cédé. Peut-être que son père y avait mis le prix.

Jillian eut un sourire méprisant. Si Aaron avait eu du cœur au ventre, il aurait envoyé bouler son vieil autocrate de père et il se serait débrouillé par lui-même. Sourcils froncés, elle repassa la scène de leur rencontre dans sa mémoire : elle revit le visage énergique, les mains fortes, le regard sans concession. De la personne d'Aaron s'était dégagée comme une aura de puissance.

Etrange. Elle avait du mal à imaginer qu'un homme

tel que lui ait pu s'incliner sans broncher devant une autorité paternelle abusive.

— Que penses-tu de lui, toi, Gil ? *Personnellement ?*

— De lui, qui ?

Elle soupira avec impatience.

— A ton avis ? Aaron Murdock, bien sûr !

Gil fit mine de se frotter pensivement le menton pour dissimuler un sourire.

— Que veux-tu que je te dise ? C'était un gamin bourré d'idées et d'énergie. Aussi fatigant que certaine dont je ne citerai pas le nom.

Il rit de bon cœur lorsque Jillian le foudroya du regard.

— Il a toujours été rude à la tâche, avec ça. Même à douze ans, travailler ne lui faisait pas peur. Quand il a commencé à se faire pousser un début de barbe à dix-huit ans, toutes les filles du pays se sont mises à soupirer après lui. Fallait voir comment que ça lui tournait autour…

Jillian leva les yeux au ciel.

— Je ne m'intéresse pas à sa vie amoureuse, Gil ! Il ne s'est jamais marié, au fait ? s'enquit-elle dans la foulée, sans s'inquiéter de ses propres contradictions.

— Je suppose qu'il doit penser qu'une épouse lui dirait ce qu'il doit faire et comment il doit le faire. Et qu'il préfère vivre seul.

Elle éclata de rire.

— Tu es un vieux malin, Gil Haley… Hé ! Regarde ! Nous avons eu nos premiers veaux.

Sans avoir à se consulter, ils bondirent hors du pick-up et commencèrent à compter. C'était là un des grands plaisirs du printemps : une explosion de vies nouvelles.

Le regard de Gil se promena sur le troupeau et ses yeux délavés se plissèrent encore un peu plus qu'à l'ordinaire.

— Ce sont les rejetons du nouveau taureau, commenta-t-il pensivement. Jolies petites bêtes. L'ami Joe sait ce qu'il fait, apparemment… Ça fait dix petits, c'est ça ?

— Dix, oui. Et vingt vaches ont l'air d'être sur le point de mettre bas.

Fronçant les sourcils, Jillian recommença à compter.

— Bizarre. Il ne devrait pas y avoir plus de… ?

Elle s'interrompit net lorsque la plainte se fit entendre, couvrant les mugissements paisibles qui s'élevaient autour d'eux.

— Par là-bas, cria-t-elle alors que Gil avait déjà commencé à courir.

Ils le trouvèrent gisant dans l'herbe à côté de sa mère mourante. Agé d'un jour. Deux tout au plus. Jillian émit des petits sons rassurants en prenant le veau nouveau-né dans ses bras. La vache, elle, saignait abondamment et ne respirait plus qu'à peine.

Si seulement ils avaient eu l'avion, songea-t-elle tristement en entendant Gil s'éloigner pour retourner au pick-up. En survolant le ranch, ils auraient pu repérer la vache en difficulté et intervenir à temps pour l'aider à vêler.

Avec un léger soupir, Jillian concentra son attention sur le veau apeuré mais bien vivant qu'elle tenait serré contre elle. Les pertes en bétail faisaient partie de la vie de tout éleveur. On ne pouvait pas passer son temps à pleurer les animaux malades ou perdus.

Mais lorsqu'elle vit Gil revenir avec le fusil, elle ne put s'empêcher de lui jeter un regard désolé. Un long frisson la parcourut lorsque le coup de feu partit, explosant dans le silence.

Gil soupira.

— Je vais appeler Jesse et Peter sur mon portable pour qu'ils m'aident à la charger.

S'approchant du veau qu'elle tenait toujours dans ses bras, il lui prit le museau pour l'examiner, sourcils froncés.

— Il est mal parti dans l'existence, celui-là. S'il veut s'en sortir, il lui faudra une sacrée rage de vivre.

Jillian serra les dents.

— Je ferai en sorte qu'il s'en tire.

Une heure après le dîner, ce soir-là, Jillian tombait de fatigue. Des mouflons avaient déboulé dans un de ses prés à foin et ravagé l'herbe sur leur passage. Un de ses hommes s'était fracturé l'épaule lorsque son cheval s'était cabré devant un serpent à sonnette. Sur trois points différents, on avait trouvé des brèches dans ses clôtures et plusieurs de ses vaches s'étaient égaillées sur les terres des Murdock. Ils avaient passé des heures à pister et à ramener les fugitives.

Mais Jillian n'avait pas oublié le veau nouveau-né pour autant et s'était arrangée pour lui trouver un box bien au chaud dans la grange à bestiaux. Refusant de laisser à quiconque le soin de le nourrir, elle l'avait mis au biberon elle-même. A présent que sa journée de travail était enfin terminée, elle était revenue câliner l'orphelin et tenter de le nourrir une dernière fois avant la nuit.

Assise en tailleur dans la paille, rassérénée par la tiède odeur animale autour d'elle, elle caressa la petite tête blanche.

— Tu te sens mieux, déjà, commenta-t-elle doucement.

Il émit un son haut perché qui la fit rire.

— Eh oui, Petite Boule. C'est moi ta maman, maintenant.

A son grand soulagement, il accepta de lui-même la tétine.

— C'est bien, Petite Boule. Tu es en train de récupérer. La vie est cruelle, c'est vrai. Mais *a priori* nous n'en avons qu'une à notre disposition. Alors autant faire avec.

Elle rit lorsque le veau tomba lourdement sur son derrière et continua à téter goulûment, les deux pattes avant largement écartées, son regard rivé au sien.

— Continue à boire comme ça et, dans quelques

semaines, tu seras au pré avec les autres à manger de l'herbe fraîche et à faire le fou avec tes copains.

Jillian gratta affectueusement le veau derrière l'oreille.

— Quelque chose me dit que tu as un bel avenir avec les dames, Petite Boule.

Lorsqu'il eut fini de prendre son lait, le veau entreprit aussitôt de mordiller son jean. Jillian le renversa sur le dos en riant et lui caressa le ventre.

— Vous avez décidé d'en faire un veau de compagnie ?

Tournant la tête en sursaut, elle leva les yeux sur Aaron Murdock. Le rire s'étrangla dans sa gorge.

— Qu'est-ce que vous fichez ici ?

— C'est une de vos questions préférées, je crois, rétorqua-t-il d'un ton léger en s'accroupissant près du veau.

Jillian capta des effluves de cuir et de santal et se ferma résolument à leur magie olfactive. Il était hors de question qu'elle se laisse vampiriser par l'odeur de ce type.

— Vous vous êtes perdu en chemin, Murdock ? C'est mon ranch, ici. Le Double M est de l'autre côté de la route.

Aaron tourna la tête pour plonger son regard dans le sien. Combien de temps il était resté à l'observer, il n'aurait su le dire. Trop de temps, sans doute. Parce qu'il avait été captivé malgré lui par le son joyeux de son rire, par l'éclat de cuivre de ses cheveux, par la douceur inattendue dans son regard lorsqu'elle avait caressé le jeune animal.

Quelque chose dans ce regard avait éveillé en lui un élan inattendu — une aspiration mal définie, infiniment plus complexe que le simple désir physique.

— Je ne me suis pas trompé de chemin, Jillian. Je suis venu vous parler.

Elle soutint froidement son regard.

— A quel sujet ?

Examinant son visage levé, il regretta d'être resté aussi longtemps à Billings.

— De reproduction équine, pour commencer.

Le regard vert s'éclaira brièvement. Mais elle feignit admirablement l'indifférence.

— De reproduction équine ?

Aaron saisit une mèche de ses cheveux.

— Votre Dalila et mon Samson. Je suis trop romantique pour laisser passer une coïncidence pareille.

— Romantique, oui. C'est ça. Laissez-moi rire, Murdock.

Elle voulut repousser sa main mais il emprisonna ses doigts entre les siens.

— Ne me jugez pas avant de me connaître, Jillian… Même si je suis effectivement capable, par ailleurs, d'identifier une jolie petite pouliche de haute race lorsqu'il m'en passe une sous le nez, ajouta-t-il d'une voix lourde de sous-entendus, rien que pour le plaisir de voir ses yeux verts lancer des éclairs.

Jillian le gratifia d'un regard hautain.

— Il n'est pas exclu que nous fassions affaire. Mais il faudrait d'abord que j'examine votre étalon d'un peu plus près.

— Entendu. Passez demain matin à 9 heures.

L'invitation était tentante. Depuis le temps qu'elle venait dans le Montana, elle n'avait encore jamais eu l'occasion de visiter l'exploitation voisine. Quant à l'étalon… elle était tombée sous le charme au premier regard. Mais elle ne voulait surtout pas donner l'impression d'accepter trop vite.

— Je tâcherai de me libérer, mais je ne promets rien. J'ai un emploi du temps chargé demain.

Se sentant délaissé, Petite Boule vint se frotter contre ses genoux. Distraite de ses négociations, Jillian secoua la tête et lui caressa doucement les flancs.

— Il se comporte plus comme un chiot que comme un bovin, commenta Aaron en se penchant pour gratter le veau derrière l'oreille.

Jillian fut surprise de noter à quel point ses gestes pouvaient être doux. Elle rit lorsque Petite Boule lécha la main d'Aaron.

— On dirait qu'il s'est pris d'affection pour vous. Il est encore trop jeune pour avoir le moindre discernement, le pauvre.

Aaron haussa un sourcil amusé et entreprit de masser la nuque du veau.

— Comme je vous le disais hier, le juste toucher

est la clé de tout. Il existe une technique pour calmer les bébés, une autre encore pour débourrer un cheval. Et une troisième, plus raffinée, pour amollir une femme.

Etrangement à l'aise, Jillian lui jeta un regard plus amusé que choqué.

— « Amollir une femme » ? C'est une expression pour le moins particulière, Murdock.

— Elle dit bien ce qu'elle veut dire, non ? Rendre une femme plus souple, plus détendue, plus réceptive…

Le veau rassasié s'était roulé en boule dans le foin et paraissait sur le point de s'endormir.

— Un mammifère mâle typique, commenta Jillian d'un ton léger. Comme vous, d'ailleurs, je crois ?

— C'est possible. Vous, vous n'avez rien de typique, en revanche.

Plus détendue qu'elle n'avait cru pouvoir l'être en sa présence, elle se surprit à sourire.

— C'est un compliment ?

— Non. Juste une observation. Si je me risquais à vous faire un compliment, vous me le cracheriez à la figure.

Jillian éclata de rire.

— Seriez-vous un brin psychologue, Murdock ?

— Peut-être… Accessoirement, j'ai reçu un prénom à la naissance. Vous avez déjà envisagé de l'utiliser ?

— Jamais, non.

Elle dut s'avouer qu'elle mentait insolemment.

Déjà, lorsqu'elle pensait à lui, c'était « Aaron » qui lui venait à l'esprit. Le problème, c'est qu'elle n'était pas censée penser à lui du tout, que ce soit en terme d'Aaron ou de Murdock. Mais la fatigue et la détente aidant, elle ne put s'empêcher de lui sourire quand même.

— Petite Boule dort, murmura-t-elle rêveusement.

Il suivit la direction de son regard et sourit à son tour.

— La journée a été longue.

— Jamais assez, en fait, soupira-t-elle en s'étirant. Je milite pour la journée de vingt-six heures.

— Vous ne croyez pas que vous voulez trop en faire ?

— Ça s'appelle avoir de l'ambition, Murdock. Je ne suis pas de ceux qui se contentent de tendre la main et de prendre ce qu'on leur donne.

Elle faisait allusion au ranch qu'il tenait de son père, comprit Aaron en refoulant une bouffée de colère. S'interdisant de riposter avec violence, il haussa les épaules.

— Chacun fait ce qu'il a à faire.

Contrariée, Jillian se leva et épousseta son jean. Elle aurait aimé qu'il se défende, qu'il justifie l'attitude soumise qu'il avait adoptée envers son père. Mais que lui importait, après tout, la façon dont Aaron Murdock organisait son existence ?

— Bon, j'ai encore du travail administratif qui m'attend.

Il se leva à son tour, l'acculant sans qu'elle y ait pris garde dans un coin du box.

— Vous ne m'offrez même pas un café, Jillian ?

Alors seulement, elle vit la fureur contenue qui brillait dans ses yeux sombres. Mais si la colère d'Aaron ne lui faisait pas peur, elle était littéralement terrifiée de sentir son propre cœur battre la chamade.

— Non, répondit-elle d'une voix égale. Je ne vous offre rien du tout.

Il glissa les pouces dans sa ceinture.

— Vous avez un problème avec la politesse ?

— Les convenances m'ennuient.

Le regard d'Aaron étincela. Mais sa voix restait basse, douce, enveloppante.

— Ah, oui ? Alors laissons-les tomber une fois pour toutes.

Avant qu'elle puisse réagir, il l'attrapa par le devant de sa chemise et l'attira contre lui.

— Murdock ! protesta-t-elle, sous le choc.

Mais il ne lui laissa pas le temps de digérer les sensations créées par ce soudain contact corps à corps. Déjà sa bouche se refermait sur la sienne.

Oh, non, soupira en elle une voix faible et alanguie, alors même qu'elle se débattait encore comme une tigresse. Se défendre contre Aaron ne lui faisait pas peur. Mais se défendre contre les sensations qu'il induisait en elle ?

Elle tenta de le repousser mais il resserra la pression de ses bras autour d'elle. En se tortillant, elle ne réussit qu'à s'émouvoir davantage au contact de ses cuisses plaquées contre les siennes.

Stop. Non. D'une façon ou d'une autre, il lui fallait mettre un terme à la montée incontrôlée du désir en elle. Pendant cinq ans, elle y était parvenue sans l'ombre d'un effort. Mais, aujourd'hui, son sang échauffé courait trop vite dans ses veines et elle ne savait plus comment endiguer cette soudaine effervescence. Ses mains se crispèrent sur la poitrine d'Aaron tandis que sa bouche commençait à s'animer sous la sienne.

Aaron avait à la fois anticipé et désiré sa réaction de colère. Sa violence le ravissait. Il aimait sa combativité, son insolence. Mais il ne s'était pas attendu à trouver ses lèvres si douces. Ni son corps mince, ferme et nerveux si parfaitement complémentaire du sien.

Lorsque Jillian cessa brusquement de se débattre pour nouer les bras autour de son cou — lorsque, au lieu de subir, elle se mit à prendre et exiger à son tour — il demeura un instant sous le choc. Elle avait lutté avec une telle détermination ! Pas un instant, il n'avait envisagé qu'elle puisse être troublée par le baiser qu'il lui avait imposé dans un mouvement d'humeur.

Secoué, il se rejeta en arrière pour faire le point sur cette nouvelle situation.

Jillian leva les yeux vers lui. Sa respiration était hachée, presque haletante. Ses longs cheveux ruisselaient comme une cascade de feu dans son dos, ses yeux de chat luisaient dans la pénombre. Elle secoua la tête, comme si elle cherchait à se clarifier les idées.

Mais il ne lui laissa pas le temps de reprendre ses esprits. Avec un juron bref, il écrasa de nouveau ses lèvres sur les siennes.

Si elle ne se débattit pas, cette fois-ci, Jillian ne se soumit pas pour autant. Elle répondit au désir par le désir. Prenant là où il y avait à prendre ; donnant là où le don était nécessaire. Elle joua avec ses lèvres, avec sa langue. Goûta la saveur si extraordinairement masculine de sa bouche. Il la tenait, l'embrassait avec une vigueur insolemment primitive.

Et son ardeur dépourvue d'artifice enchantait Jillian. Elle laissa son corps prendre les commandes et découvrit qu'elle avait aspiré depuis des années à l'oubli qu'elle vivait dans les bras d'Aaron. Se sentir prise, ravie, emportée. Aller dans l'abandon jusqu'à perdre la capacité de penser. Ici, dans cet espace de chair et de feu qui se tissait entre Aaron et elle, il n'y avait pas de place pour les obligations et les responsabilités. Dans ce brûlant corps à corps, elle était femme et seulement femme.

Aaron se demanda quel philtre magique Jillian lui avait fait boire à son insu. Il cherchait à reprendre le contrôle de lui-même, mais ses mains et ses lèvres semblaient animées d'une volonté propre. Et lorsqu'il essayait de réfléchir, ses pensées se délitaient d'elles-mêmes. La sensualité exacerbée de Jillian conférait à leurs étreintes toute la volupté dont son corps ferme et longiligne semblait *a priori* dépourvu. Et il commençait à se demander comment il avait pu vivre privé de ces délices jusqu'à l'âge avancé de trente ans.

Choqué de s'entendre penser une chose pareille, Aaron se dégagea doucement. Lorsqu'il fit un pas en arrière, Jillian chancela. *Qu'avait-elle fait ?* La respiration coupée, elle scruta le visage à la fois aristocratique et rude, les cheveux noirs qui lui tombaient dans la nuque, le regard encore incandescent. Aaron Murdock… Comment avait-elle pu oublier aussi radicalement qui ils étaient l'un et l'autre ?

Effarée de s'être laissée aller ainsi dans les bras de l'ennemi, Jillian leva le menton et fit un effort démesuré sur elle-même pour raffermir sa voix.

— Voilà, Murdock… Vous vous êtes bien amusé, j'espère ? Dégagez d'ici, maintenant.

Amusé ? Aaron aurait eu le plus grand mal à mettre des mots sur ce qu'il venait d'éprouver. Mais il était sûr et certain que « l'amusement » n'y avait eu aucune part. Les murs autour de lui tournaient légèrement. Comme le jour — déjà lointain — où il avait pris sa première cuite. L'expérience avait été intéressante. Mais il l'avait payée cher le lendemain.

Et avec Jillian aussi, il y aurait un prix à payer, sans doute.

D'un geste désinvolte, il ramassa son chapeau. Il

n'avait qu'une hâte : sortir de la grange, respirer un grand coup et retrouver ses capacités de jugement.

— C'est une excellente suggestion, Jillian. Même si vous êtes difficilement résistible, je ferai mon possible pour rester à distance.

Muette et tremblante, Jillian le suivit des yeux. Même une fois que le bruit de ses pas se fut éteint dans la nuit, elle attendit cinq bonnes minutes avant de se risquer hors de la grange. Longeant le dortoir des employés, elle regagna à grands pas la vaste demeure construite par son grand-père à la place de l'ancienne ferme qui avait abrité leurs ancêtres. Clay avait toujours proclamé qu'il était né dans une maison qui aurait tenu dans la cuisine du ranch actuel.

Jillian entra par la porte d'entrée principale qui, même à cette heure tardive, restait ouverte en permanence. Typique du Montana, la maison avait un vaste séjour rustique où le bois et la pierre de taille se mariaient avec un rare bonheur aux ocres chauds de la terre cuite. Dans la cheminée aux dimensions royales, on aurait pu faire rôtir aisément un bouvillon entier. Les rideaux en dentelle ivoire que sa grand-mère avait apportés d'Irlande étaient encore accrochés aux fenêtres. Jillian avait toujours regretté de ne pas avoir connu la mère de son père. On disait de Maggie Baron qu'elle avait une opulente chevelure rousse, une silhouette fragile et les reins solides.

D'après Clay, Jillian avait hérité à la fois de la

couleur de cheveux et du sale caractère de son aïeule. Et sans doute avait-elle également reçu les reins solides en partage. Songeuse, Jillian grimpa au premier étage de la grande maison vide. Et se surprit pour la première fois depuis son arrivée dans le Montana à regretter le manque de présence féminine.

Ce soir, elle aurait aimé parler à une femme. Une femme capable de comprendre la guerre intérieure qui se déchaînait en elle. Pendant une fraction de seconde, Jillian songea à appeler sa mère. Mais l'idée même la fit sourire. Si elle avouait à sa mère qu'elle était malade de désir pour un homme qui aurait dû lui être détestable, la docile épouse du Dr Baron deviendrait écarlate et lui recommanderait de lire au plus vite quelque solide ouvrage psychologique traitant de la question.

Jillian adorait sa mère, mais elle savait que c'était le genre de femme à qui certaines impérieuses nécessités physiques resteraient à jamais étrangères. Avec un soupir, elle ôta son jean et sa chemise, et les jeta en tas dans un coin avant de déambuler nue dans la salle de bains.

Autant le reconnaître : ce qu'elle avait éprouvé dans les bras d'Aaron était impérieux à souhait. Alors qu'elle n'avait rien ressenti de la sorte depuis cinq ans. C'était une bonne chose qu'elle n'ait jamais oublié Kevin et leur brève et malheureuse histoire.

A supposer, du moins, qu'une seule nuit partagée

puisse être qualifiée « d'histoire ». Quoi qu'il en soit, la relation avait été un fiasco. A vingt ans, elle était vierge, innocente et stupidement sentimentale. L'interne à l'allure romantique dont elle s'était crue éperdument amoureuse n'avait ni menti ni manœuvré pour l'attirer dans son lit par de fausses promesses. Elle ne pouvait s'en prendre qu'à elle-même si elle s'était jetée à sa tête dans un grand élan de passion. Kevin l'avait d'ailleurs initiée au plaisir avec beaucoup de patience, de compétence et de gentillesse.

Elle n'avait rien — strictement rien — à lui reprocher, en fait. Il avait juste laissé échapper quelques malheureux « je t'aime » dans l'extase, qui n'avaient de sens pour lui que dans l'exaltation du moment.

Alors que son « je t'aime » à elle avait valeur de serment.

Elle avait découvert ainsi que l'acte de chair n'était pas en soi un engagement. Lorsqu'elle avait abordé la question de leur avenir commun, Kevin avait ri gentiment avant de remettre les pendules à l'heure : il ne cherchait ni femme ni compagne à temps plein. Juste une amie avec qui prendre du bon temps.

Sa désinvolture l'avait anéantie. Pour Kevin, elle était prête à tous les compromis, pourtant. Elle aurait même accepté d'imposer le silence à sa nature indépendante pour devenir une docile épouse de médecin comme sa mère. Il lui avait fallu des mois pour réaliser à quel point elle avait été stupide. Alors que Kevin s'était contenté de flirter gentiment avec une jeune étudiante, elle avait pris tous ses compliments au pied de la lettre et les avait montés en épingle. Finalement, il lui avait rendu service en la déniaisant dans tous les sens du terme.

Après avoir quitté Kevin en claquant la porte, elle avait pu faire ses propres choix de vie. Et elle savait désormais à quoi s'en tenir avec les beaux discours masculins. Les hommes, avait-elle compris, étaient beaucoup trop dangereux pour elle. Les aimer équivalait à se perdre soi-même.

Pour l'amour de Kevin, elle aurait été prête à toutes les bassesses, à tous les renoncements. Et la même chose, au fond, s'était produite avec son médecin de père. Enfant, elle avait tout essayé pour lui plaire. Mais ses tentatives avaient échoué une à une car elle ressemblait trop à son grand-père.

Clay Baron était le seul homme, en définitive, qui l'avait aimée en la prenant telle qu'elle était. Mais Clay reposait désormais à quelques pieds sous terre.

Jillian se glissa dans son bain et ferma les yeux, laissant l'eau brûlante chasser la fatigue de sa tête et de ses muscles. Si Aaron Murdock était à la recherche d'une aventure sexuelle sans lendemain, il faudrait qu'il cherche une autre candidate.

La solitude était sa compagne. Et elle n'en voulait pas d'autre pour le moment.

Chapitre 3

Viendra ? Ne viendra pas ?

Aaron dévalait la montagne au volant de sa vieille Jeep, zigzaguant sur la piste creusée d'ornières. Il venait d'effectuer un ravitaillement dans un de leurs campements de montagne. Et il serait volontiers resté quelques jours en pleine nature en compagnie de ses hommes pour passer des journées entières en selle à transpirer, puis lézarder le soir autour d'un feu de camp.

Il avait toujours aimé l'existence rude et solitaire des éleveurs traditionnels. Même s'il avait introduit dans leur ranch tous les éléments de modernité qu'avait toujours refusés son père.

Avec une grimace amère, Aaron songea au combat qu'il avait dû mener six ans plus tôt pour imposer l'avion que Paul considérait alors comme un luxe absurde. Renonçant à le convaincre, il avait fini par payer l'appareil lui-même. Aujourd'hui encore, son père continuait à soutenir mordicus qu'ils auraient très bien pu se passer de « ce maudit coucou ».

Aaron se contentait désormais de le laisser vitupérer sans rien dire. Non seulement l'avion servait régulièrement mais il avait fait mille fois la preuve de son utilité. Le fils avait gagné dans les faits, même si le père refuserait jusqu'au bout de reconnaître qu'il avait eu raison.

La longue série de différends qui l'avait opposé à Paul Murdock avait culminé cinq ans auparavant en une dispute homérique qui avait failli aboutir à une rupture définitive. Aujourd'hui encore, la relation entre eux restait explosive. Aaron savait qu'il aurait à se battre pour chaque innovation qu'il voudrait apporter. Tout en ayant conscience qu'il sortirait désormais victorieux de chacun de leurs bras de fer. Son père était obstiné comme une mule mais pas stupide. Et il était gravement malade, désormais.

Dans six mois… Un an tout au plus…

Les mâchoires crispées, Aaron passa une vitesse. Il lui pesait de penser que le combat acharné que son père menait contre le cancer touchait à sa fin. Et il n'y avait rien, strictement rien, qu'il puisse faire pour aider le vieux bougre à vaincre cet ultime traquenard.

Se sentir sans recours avait toujours été difficilement supportable pour Aaron. Ce en quoi il ressemblait beaucoup à son père, d'ailleurs. Peut-être était-ce leur grande similarité de caractère qui faisait que Paul et lui avaient passé leur vie à se battre.

Repoussant ses angoisses dans un coin de ses pensées, Aaron se concentra sur la jeunesse et la fraîcheur de Jillian. Viendrait-elle ? Avec un sourire en coin, il accéléra en longeant un pré envahi par les armoises. Bien sûr que Jillian Baron serait présente au rendez-vous. Ne serait-ce que pour lui prouver qu'il ne lui faisait pas peur.

Elle déboulerait dans son ranch menton levé, en lui jetant un de ces regards brillants de défi dont elle avait le secret. Le plus étonnant, c'est qu'il avait envie de cette fille au point de ne plus en dormir la nuit. La veille, après les quelques baisers qu'ils avaient échangés, il lui avait fallu un moment pour retrouver l'usage de la parole.

S'il avait ouvert la bouche tout de suite, il se serait mis à bégayer, exactement comme à seize ans, le jour où Emma Lou Swanson l'avait initié dans les foins aux délices de la sexualité adulte.

Compte tenu de la riche expérience qu'il avait accumulée depuis, il ne comprenait toujours pas pourquoi il réagissait avec Jillian comme un adolescent débordé par sa libido. Mais une chose était certaine : il n'avait pas l'intention d'en rester là. Le hors-d'œuvre qu'il avait eu la veille n'avait fait qu'aiguiser ses appétits. Et il était décidé à consommer le plat de résistance sans attendre.

Jillian était une authentique Baron, de toute évidence : impétueuse, obstinée et un rien tête brûlée. En fait, si les Baron et les Murdock avaient tant de mal à s'entendre, c'était pour une raison bien simple : d'un côté comme de l'autre de la ligne de partage qui séparait leurs deux domaines, ils étaient dotés du même caractère de cochon.

Reprendre le ranch de son grand-père représentait un sacré défi pour Jillian. Mais il était persuadé qu'elle saurait le relever. Et il aurait plaisir à la voir réussir. Presque autant qu'il en aurait à faire l'amour avec elle.

Sifflotant joyeusement, Aaron se gara devant la maison principale. Près de la grange, un chien jappa sans conviction à son approche. De la cantine toute proche s'élevait le chant mélancolique d'un harmonica. La porte d'entrée s'ouvrit et sa mère sortit, avec une expression de profonde fatigue sur le visage.

Elle était tellement belle, songea Aaron. Si belle qu'il n'avait jamais pu s'y habituer tout à fait. Petite et mince, Karen Murdock se mouvait avec la grâce fragile d'un oiseau. Elle avait vingt-deux ans de moins que son mari et ni le froid de l'hiver ni les soleils impitoyables du Montana n'avaient altéré la clarté lumineuse de son teint.

Vêtue d'un chemisier rose pâle et d'un pantalon clair, ses cheveux blonds rassemblés sur la nuque, elle aurait fait bonne figure dans n'importe quel raout mondain. Mais, en cas d'urgence, elle était tout aussi capable de sauter en selle et de tendre des fils de clôture durant trois heures d'affilée.

— Tout va bien, là-haut, au campement ? s'enquit Karen en l'embrassant.

— Ça ne se passe pas trop mal, dans l'ensemble. Les gars n'ont pas perdu leur temps. Ils ont réussi à récupérer tout le bétail qui s'était échappé par la clôture sud.

Aaron prit une des mains de sa mère dans les siennes.

— Tu as l'air fatiguée ?

— Non, ça va. Ton père, lui, n'a pas très bien dormi, en revanche. Tu n'es pas venu le voir hier soir.

— Il n'aurait pas mieux dormi s'il avait eu ma visite. Au contraire, même.

— Vos prises de bec le distraient de sa souffrance.

Aaron eut un sourire sans joie.

— C'est une chance que je trouve toujours le moyen de le contrarier, alors.

Debout sur le perron, le visage à hauteur du sien, sa mère lui posa la main sur l'épaule.

— Tu aides ton père plus que tu ne le crois, Aaron.

— Hier matin, il m'a encore envoyé au diable.

— C'est très bien, justement. Moi, j'ai tendance à le couver, même si je sais que ce n'est pas ce dont il a besoin. Alors que toi, tu le secoues en réveillant sa colère. En luttant contre toi, il lutte pour vivre, d'une certaine façon. Mais, au fond de lui, il sait pertinemment que tu as raison.

Le ton d'Aaron se durcit malgré lui.

— Tu n'as pas besoin de m'expliquer comment il fonctionne. Je le connais par cœur.

— Presque, mon chéri. Presque, murmura Karen en pressant la joue contre la sienne.

Et ce fut ainsi qu'en arrivant au Double M, Jillian

trouva Aaron avec les bras passés autour d'une très belle femme blonde. Une pointe inattendue de jalousie lui transperça la poitrine. Furieuse, elle freina un peu trop brutalement et l'arrière de sa voiture chassa, alors qu'elle se garait à côté de la Jeep.

Aaron se retourna et répondit par un sourire à son regard courroucé. Elle le maudit tout bas pour sa légèreté typiquement masculine. Et dire qu'elle n'avait pas dormi de la nuit à cause de ce séducteur sans scrupule !

Les lèvres serrées, elle se dirigea droit vers lui. Une chose était certaine : elle ne lui offrirait pas la satisfaction de lui montrer qu'il l'avait blessée.

— Je suis venue voir votre étalon, Murdock, lâcha-t-elle froidement.

— Ah, Jillian… je vous ai pourtant déjà dit que vos manières étaient déplorables, commenta Aaron, visiblement hilare.

En cet instant, elle l'aurait volontiers découpé en morceaux et pilé au mortier.

— Murdock…

— Je ne crois pas que vous ayez déjà eu l'occasion de faire connaissance, toutes les deux ?

— Pas encore, non.

Amusée par la lueur qui brillait dans le regard de son fils et par l'expression orageuse de l'arrivante, Karen descendit du perron.

— Je suis Karen Murdock, la mère d'Aaron.

Bouche bée, Jillian se tourna vers Karen. Si

lumineuse. Si élégante. Et si extraordinairement jeune, surtout.

— Sa mère ? ne put-elle s'empêcher de répéter stupidement.

Karen s'appuya en riant sur l'épaule d'Aaron.

— Je considère que je viens de recevoir un très beau compliment... Allez, je vous laisse faire affaire, tous les deux. Mais si vous avez cinq minutes, entrez prendre un café avant de repartir, Jillian. La compagnie féminine est tellement rare par ici que je serais ravie de bavarder un peu avec vous.

— Euh... oui, je n'y manquerai pas. Merci, madame Murdock.

Sourcils froncés, Jillian suivit des yeux la gracieuse silhouette de Karen.

— C'est la première fois que je vous vois à court de mots, Jillian.

Elle leva les yeux vers lui.

— Votre mère est très belle.

— Et ça vous surprend ?

Si seulement il pouvait cesser de sourire comme ça. Elle lui jeta un regard mauvais.

— L'élément de surprise vient surtout de ce que vous ne lui ressemblez pas du tout, Murdock.

Aaron lui passa un bras autour des épaules.

— Quelle charmeuse vous faites, Jillian.

Tentée de laisser son bras où il était, elle se força à le repousser quand même.

— Vous sentez le jasmin aujourd'hui, commenta-t-il, sans paraître s'offusquer. Vous vous êtes parfumée pour moi ?

Elle le foudroya du regard.

— Vous croyez vraiment que j'ai du temps à perdre avec ce genre de futilités, Murdock ?

Pour toute réponse, il lui ôta son chapeau en riant et lui plaça un rapide baiser sur les lèvres. Le temps de rassembler ses esprits, et Jillian explosa.

— De quel droit osez-vous ?

Il leva les mains en signe de reddition.

— Désolé. J'ai perdu la tête. Il se produit des choses étranges en moi lorsque vous me regardez comme si vous aviez envie de me découper en morceaux, précisa-t-il en lui replaçant son chapeau sur le crâne.

— La prochaine fois, je ne me contenterai pas de regarder, prévint-elle. Je passerai directement à la découpe.

Aaron aligna son pas sur le sien.

— Comment va le petit veau ?

— Bien. J'attends la visite du vétérinaire, cet après-midi. Mais je pense qu'il s'en sortira.

— Il a été conçu par votre nouveau taureau ?

Elle fronça les sourcils.

— Que savez-vous de mon nouveau taureau, au juste ?

— Il en est beaucoup question, par ici. Et il se trouve que vous l'avez raflé sous mon nez, ce noble animal. Je m'apprêtais à faire le voyage en Angleterre lorsque j'ai appris que vous l'aviez déjà acheté.

Jillian accueillit cette heureuse nouvelle avec un grand sourire.

— Ah, oui ?

— Je savais que ça vous ferait plaisir d'apprendre cela.

Elle posa un pied chaussé de bottes sur la barrière du corral.

— Ce n'est pas une réaction très sympathique de ma part, admit-elle. Je n'ai pas un tempérament aimable, Murdock.

Il hocha la tête.

— Dans ce cas, nous devrions nous entendre. Comment l'a-t-on surnommé, votre taureau, déjà ?

— Des surnoms, il en a une bonne dizaine. « Casanova » est le seul d'entre eux que l'on puisse répéter en compagnie choisie.

Il rit doucement.

— Il me semble en avoir entendu deux ou trois qui étaient encore plus suggestifs, en effet. Combien de veaux jusqu'à présent ?

— Une cinquantaine. Mais les vaches commencent tout juste à vêler.

— Vous avez recours à l'insémination artificielle ?

Sur la défensive, elle fronça les sourcils.

— Pourquoi cette question ?

— Nous exerçons le même métier, Jillian.

— Justement.

— On peut être collègues sans être forcément rivaux.

Jillian enfonça son chapeau sur son crâne.

— Montrez-moi votre étalon, Murdock, lui demanda-t-elle sèchement.

Aaron ne répondit rien. Il se contenta de la regarder droit dans les yeux. Puis il prit un licol accroché à un clou et sauta d'un bond souple dans le corral.

Jillian réalisa soudain qu'elle avait fait preuve d'une impolitesse qui confinait à la grossièreté. Etre réservée, distante et même inamicale était une chose. Mais ça ne lui ressemblait pas de se comporter comme elle venait de le faire.

Sourcils froncés, Jillian prit appui sur la barrière et regarda Aaron s'approcher de l'étalon. Le cheval et son maître avaient indiscutablement des points communs. Ils étaient aussi racés, aussi farouchement mâles l'un que l'autre. Avec une nette tendance pour chacun d'entre eux à ne vouloir en faire qu'à sa tête.

Or, l'étalon n'était manifestement pas d'humeur à accepter le licol. Aaron le siffla, puis l'appela par son nom. Pourtant, Samson se contenta de secouer sa crinière avec indifférence avant de s'éloigner dédaigneusement.

— Quel démon, bougonna Aaron.

Mais elle entendit l'humour percer sous la remontrance. Il tenta une seconde approche que Samson esquiva avec une morgue royale. Eclatant de rire, Jillian se percha sur la barrière pour suivre la scène. Aaron lui adressa un clin d'œil et s'éloigna sur un haussement d'épaules. Mais il avait à peine traversé la moitié du corral lorsque Samson fit demi-tour et le poussa amicalement du museau.

— Ça y est ? Tu es d'humeur à te réconcilier ? commenta Aaron en lui ébouriffant affectueusement la crinière. C'est un peu tard maintenant que tu m'as ridiculisé aux yeux de cette dame.

Ridicule ? Lui ? Jillian connaissait suffisamment les chevaux pour admirer la maestria avec laquelle Aaron maniait son étalon. S'il avait voulu l'impressionner, il aurait pu en rajouter dans le spectaculaire. Or, il avait adopté l'attitude radicalement inverse en s'appliquant, au contraire, à donner l'illusion de la facilité. Jillian dut admettre avec un léger soupir que tout ce qu'elle avait vu d'Aaron Murdock jusqu'à présent forçait le respect.

Elle tendit la main pour flatter l'encolure de Samson.

— Aaron ? dit-elle, utilisant son prénom à dessein.

— Oui ?

— Je suis désolée.

Le regard sombre demeura indéchiffrable. Mais il lui offrit sa main tendue en signe de réconciliation. Jillian l'accepta et sauta dans le corral.

— Il est magnifique, commenta-t-elle en laissant glisser une main admirative sur un flanc doux comme de la soie. Vous l'avez depuis longtemps ?

— Depuis sa naissance, en fait. Mais il m'a fallu cinq jours pour capturer son père.

Levant les yeux, Jillian vit une lueur d'excitation briller dans son regard.

— Ils devaient être au moins cent cinquante mustangs dans sa harde. Et Django était le cheval dominant. C'était de loin le plus fier et le plus sauvage de tous. Il a failli me tuer la première fois que j'ai réussi à lui passer le lasso. Même une fois prisonnier dans sa stalle, il a été à deux doigts de tout casser et de s'enfuir. On aurait dit le diable en personne avec ses jambes en sang et son regard fou. Il a fallu qu'on se mette à six pour le tenir et le forcer à saillir la jument.

— Et qu'est-il advenu de Django par la suite ? s'enquit Jillian avec inquiétude.

La castration était généralement le sort réservé à ces étalons indomptables. Le regard d'Aaron trouva le sien au-dessus du garrot de Samson.

— Je l'ai relâché. Certains êtres ne sont pas faits pour vivre en captivité.

Sans réfléchir, elle tendit la main à Aaron.

— C'est une belle décision.

Les yeux plongés dans les siens, il lui caressa les doigts.

— Vous êtes une femme intéressante, Jillian. Avec quelques brèches délicieuses dans votre redoutable cuirasse.

Troublée, elle tenta de dégager sa main.

— La cuirasse est solide et les brèches sont rares, croyez-moi.

— Ce qui les rend d'autant plus attachantes. Vous étiez belle hier soir, avec votre visage baigné de lumière, en train de murmurer des mots tendres à votre nouveau-né à quatre pattes.

Pourquoi le banal compliment lui faisait-il battre le cœur ? Jillian secoua la tête.

— Je ne suis pas belle. Et je n'ai aucune envie de l'être.

Amusé, Aaron inclina la tête.

— Vous n'avez pas envie d'être belle mais vous l'êtes quand même. On n'a pas toujours ce qu'on veut dans la vie.

— Ne recommencez pas, Murdock, ordonna-t-elle avec suffisamment d'autorité pour faire frémir l'étalon entre eux.

— Recommencer quoi ?

Jillian soupira.

— Je me demandais tout à l'heure pourquoi je me comportais toujours de façon aussi grossière avec vous. Mais la raison est simple, en fait : il n'y a que la violence que vous compreniez. Lâchez-moi la main !

— Non.

D'une tape sur l'arrière-train, il chassa Samson, si bien qu'ils se retrouvèrent face à face, sans autre séparation entre eux que quelques centimètres de terre battue.

— Je me demandais de mon côté pourquoi j'avais toujours envie de vous mettre une fessée ou de vous jeter sur une épaule pour vous traîner dans la grotte la plus proche, ajouta-t-il pensivement. Peut-être est-ce pour la même raison, au fond. Parce que vous ne comprenez que la force.

— Vos raisons ne m'intéressent pas, Murdock.

— Ah, non ? J'aurais peut-être pu te croire s'il n'y avait pas eu le baiser d'hier soir, murmura-t-il d'une voix soudain caressante. J'ai commencé, c'est vrai. Mais tu admettras que tu as fini par participer activement. Et j'ai passé la nuit à réfléchir à la suite que j'ai envie de donner à ce fascinant prélude.

Etait-ce parce qu'il avait prononcé une vérité qu'elle n'avait aucune envie d'entendre ? Ou réagissait-elle à son regard sardonique et à son ton insolent ? Toujours est-il que son poing serré atterrit soudain avec force dans l'estomac d'Aaron.

— Voilà la suite que *je* donne à ton « fascinant prélude », lança-t-elle par-dessus son épaule en s'éloignant à grands pas.

Elle n'alla pas très loin, cependant. Aaron se jeta sur elle par-derrière et la cloua au sol. Couchée sous lui, elle se débattit avec une énergie farouche. Mais Aaron la maîtrisa sans difficulté.

— Espèce de dangereuse furie ! Depuis le début, tu as tout fait pour mériter une solide correction.

— Parce que tu crois que je te laisserai lever la main sur moi, Murdock ?

Jillian tenta de lui mettre un coup de genou stratégique. Mais il modifia sa position juste à temps. Et elle se retrouva en position de vulnérabilité totale, plaquée au sol avec une cuisse d'Aaron passée entre les siennes. Une onde de chaleur qui n'avait rien à voir avec la colère la traversa de part en part.

— Ah, c'est comme ça que tu veux te battre ? Dans le style « tous les coups sont permis, même les plus bas » ?

Elle ouvrit la bouche pour l'insulter mais il l'embrassa avant qu'elle ait pu émettre un son. Aaron sentit le pouls de Jillian s'accélérer sous ses doigts, puis ne perçut plus rien que le nectar qu'il buvait à ses lèvres. Il n'aurait même pas su dire si elle se débattait encore sous lui tellement le goût de sa bouche l'enivrait.

Les sensations qu'elle éveillait en lui étaient si riches et nuancées qu'il aurait pu continuer à embrasser Jillian Baron une vie entière. Troublé que ce concept de « vie entière » lui ait soudain traversé l'esprit, il se redressa en la maintenant fermement par les poignets.

— Je devrais te rosser au lieu de t'embrasser.

— J'aurais préféré les coups, rétorqua-t-elle, menton levé.

Il était déjà arrivé à Jillian de mentir. Mais c'était la première fois qu'elle le faisait aussi effrontément. Qu'Aaron l'ait envoyée au sol, O.K. C'était de bonne guerre. Mais comment pouvait-elle avoir *envie* que leurs bouches se reprennent, que leurs langues bataillent, que leurs bras se saisissent de nouveau ?

— Tu pourrais ôter ta carcasse de là, Murdock ? Tu n'es pas aussi efflanqué que tu en as l'air.

— Je préfère te parler dans cette position. C'est moins risqué.

— Je n'ai rien à te dire.

Une lueur machiavélique scintilla dans les yeux noirs d'Aaron.

— Si tu n'as pas envie de parler, on peut s'occuper autrement.

Il se penchait sur ses lèvres lorsque Samson les interrompit en poussant son museau entre eux. Aaron l'écarta avec impatience.

— Fiche-moi la paix et trouve-toi une pouliche, cheval de malheur.

Ce fut plus fort qu'elle : Jillian éclata de rire lorsque l'étalon revint à la charge.

— Ton cheval a des techniques de séduction plus sophistiquées que les tiennes, Aaron ! Allez, laisse-moi me relever, maintenant.

Il scruta le jeune visage levé vers lui : les yeux verts brillants, sa chevelure de feu étalée dans la poussière.

— Tu devrais le faire plus souvent, Jillian.

Elle souffla sur une mèche de cheveux qui lui tombait sur les yeux.

— Faire quoi ?

— Me regarder comme ça en riant.

— Aaron… Si je te demande pardon pour ce coup de poing, accepteras-tu de me libérer ?

— Ne gâche pas la beauté du moment. Tu m'as

pris par surprise mais tu ne me frapperas pas une seconde fois.

Cela, elle était toute prête à le croire.

— D'accord. Mais, ce coup, tu l'avais mérité. Et tu t'es vengé depuis. La terre est dure, Murdock.

— La terre, peut-être. Mais toi, tu es plutôt confortable. Que reproches-tu à mes techniques de séduction, au fait ?

— Le moins que l'on puisse dire, c'est qu'elles ne sont pas très raffinées. Et maintenant, si tu veux bien m'excuser… Certains d'entre nous sont obligés de travailler pour vivre, Murdock.

— C'est du raffinement que tu veux, alors ? conclut-il en se penchant pour laisser courir ses lèvres sur ses pommettes et sur son front. Qu'à cela ne tienne. Je ne demande qu'à améliorer mes méthodes.

— Non, protesta-t-elle d'une voix tremblante en sentant sa bouche se rapprocher dangereusement de la sienne.

Aaron demeura un instant en suspens. Il s'était attendu à tout sauf à la soudaine vulnérabilité qu'il lisait dans les yeux verts dardés sur lui.

— Mmm… Encore un point faible dans l'armure de la guerrière, chuchota-t-il. Je te préviens que je vais être tenté de me servir de cet avantage contre toi.

— Le seul avantage que tu as sur moi en ce moment, c'est ton poids, maugréa-t-elle.

Une ombre tomba sur eux avant qu'Aaron puisse répondre.

— Alors, mon fils ? Que fais-tu par terre dans la poussière, couché sur une jolie fille ?

Tournant la tête, Jillian vit un vieil homme aux yeux sombres dressé au-dessus d'eux. La ressemblance avec Aaron était évidente. Mais comment imaginer que ce vieillard trop maigre lourdement appuyé sur une canne puisse être le redouté Paul Murdock ?

Aaron sourit en levant les yeux vers son père.

— J'hésite entre lui mettre une raclée et lui faire l'amour, admit-il avec la plus parfaite décontraction.

Le vieux Murdock rugit de rire.

— Comme tu n'es ni aveugle ni stupide, mon fils, le choix s'impose de lui-même. Mais, en attendant, comporte-toi comme un être civilisé et relève-toi que je puisse voir un peu à quoi elle ressemble.

Aaron s'exécuta obligeamment et la hissa sur ses pieds, comme s'il avait affaire à un vulgaire paquet. Jillian le foudroya du regard. Qui aurait pu prévoir qu'elle se retrouverait pour la première fois en présence de Paul J. Murdock, échevelée, couverte de poussière, et toute chaude encore du corps de son fils ?

— Ainsi vous êtes la petite-fille de Clay Baron ?

Elle soutint sans broncher le regard acéré du patriarche.

— Oui.

— Vous ressemblez à votre grand-mère.

Jillian leva le menton.

— Il paraît, oui.

— Elle avait un sacré tempérament, votre grand-mère. C'est la seule Baron à avoir jamais mis les pieds ici, d'ailleurs. Elle est venue à pied pour souhaiter la bienvenue à Karen, juste après notre mariage. Et si un de mes hommes avait eu le malheur d'essayer de l'arrêter, elle lui aurait mis un œil au beurre noir sans hésiter.

Accoudé à la barrière, Aaron porta ostensiblement la main à son estomac.

— Je sais de qui elle tient, cette tigresse, alors, commenta-t-il en se tournant vers son père. C'est elle qui m'a attaqué, figure-toi. Et elle n'y est pas allée de main morte.

Jillian essuya la poussière sur son chapeau.

— Il va falloir songer à renforcer tes abdominaux, Murdock. Car je peux frapper plus fort que ça.

Paul Murdock se mit à rire.

— J'aurais dû l'endurcir un peu plus, ce garçon… Quel est votre prénom, jeune fille ?

Elle tourna un regard hésitant dans sa direction.

— Jillian.

— Vous êtes jolie et vous semblez avoir la tête sur les épaules. Mon épouse apprécierait votre compagnie. Entrez donc boire un café avec nous.

Jillian n'en croyait pas ses oreilles. Ainsi le terrible Murdock — l'ennemi ancestral de son grand-père — l'invitait aimablement à venir papoter un moment chez lui ?

— Merci, monsieur Murdock, murmura-t-elle, interdite.

Ils se dirigèrent à pas lents vers le ranch, adaptant leur allure à celle du vieil homme. Comme Paul Murdock se débattait avec sa canne pour négocier les marches du perron, Jillian tendit automatiquement le bras pour l'aider. Mais Aaron la retint par le poignet et secoua la tête.

— Karen ? lança Murdock d'une voix forte quoique essoufflée. Nous avons de la compagnie.

Ouvrant la porte d'un geste large, le vieil homme fit signe à Jillian d'entrer.

Le « ranch house » des Murdock était plus vaste et plus élégant qu'Utopia. Mais les deux maisons avaient en commun le style typique de l'Ouest, avec ses lambris en chêne et ses carrelages en terre cuite. On trouvait cependant au Double M quelque chose qui manquait à Utopia : une pointe de raffinement féminin dans le décor.

Jillian nota les vases de potier avec des bouquets de fleurs fraîches, le grand miroir en bronze, les harmonies de couleurs. Même si Clay Baron avait gardé les rideaux en dentelle ivoire de son épouse défunte, sa maison s'était « masculinisée », au fil des années.

De grands pots en cuivre près de la cheminée contenaient des compositions de fleurs sèches. Dans l'arrondi d'une fenêtre était aménagée une banquette confortable avec des coussins de couleurs vives.

Karen entra en poussant une table roulante sur laquelle étaient disposées une cafetière en argent et des tasses.

— Aucun de ces deux hommes n'a pensé à vous proposer de vous asseoir, Jillian ? s'écria-t-elle en secouant la tête.

Murdock se laissa choir lourdement dans un grand fauteuil en cuir sombre.

— Aaron et la petite Baron se fréquentent d'assez près, apparemment, commenta-t-il avec un sourire jovial en se tournant vers son épouse.

La protestation de Jillian se perdit dans un murmure lorsque Aaron la poussa d'autorité sur le canapé. Contenant stoïquement son irritation, elle s'adressa à Karen.

— Vous avez une très belle maison, madame Murdock.

Karen ne chercha pas à dissimuler son amusement.

— Merci. Je crois que je vous ai aperçue au rodéo du 4 Juillet, l'année dernière. Je me souviens de m'être fait la réflexion que vous ressembliez comme deux gouttes d'eau à Maggie — votre grand-mère. Vous comptez concourir encore cette année ?

— Bien sûr. Même si mes hommes n'ont pas apprécié que je batte le meilleur d'entre eux au lasso.

Aaron prit une mèche de cheveux entre ses doigts.

— Tiens. Ça me donne envie de m'inscrire aux épreuves de rodéo, cette année.

— Tu ne penses pas que tu as perdu la main

après avoir passé cinq ans assis derrière un bureau ? s'enquit Jillian en sirotant son café.

A peine eut-elle prononcé ces mots qu'elle sentit un éclair de tension passer entre Aaron et son père.

— J'imagine que ça ne s'oublie pas plus que la natation ou le vélo, commenta Karen d'un ton léger. Vous avez été élevée dans l'Est, je crois ?

Jillian acquiesça d'un signe de tête en se demandant quels vieux démons elle avait réveillés entre Paul Murdock et son fils.

— A Chicago, oui. Mais j'étais un peu comme le vilain petit canard, là-bas… Je crois que la passion de l'élevage a sauté une génération, dans ma famille.

Karen remua le sucre dans sa tasse.

— Et votre frère ?

— Il est médecin, comme mon père.

Paul Murdock but son café d'un trait.

— Je me souviens de votre papa. On ne faisait pas plus calme et plus sérieux que lui. Jamais un mot plus haut que l'autre.

La description amena un sourire sur les lèvres de Jillian.

— Mon père a toujours été le calme personnifié, en effet.

— J'en conclus que tu tiens plutôt de ton grand-père que de lui, observa Aaron avec une moue éloquente.

— Je comprends que Baron ait choisi de vous laisser le ranch, marmonna le vieux Murdock. Vous avez l'air de vous plaire, par ici. Et avec Gil Haley aux commandes, vous pouvez êtes tranquille. Il connaît le métier comme personne.

— Gil est le meilleur contremaître dont je puisse rêver, mais les commandes, c'est moi qui les tiens, rectifia Jillian.

Paul Murdock fronça ses épais sourcils poivre et sel.

— Tenir un ranch n'est pas un travail de femme. Quand on commence à voir des cow-boys en jupe, c'est le début de la fin.

— Je ne me mets pas en robe pour m'occuper du bétail, monsieur Murdock.

Le front barré par un pli sévère, le vieux Murdock reposa sa tasse.

— Votre grand-père et moi n'avons pas toujours été les meilleurs amis du monde, mais c'était un rancher et un vrai. Il a travaillé dur pour faire d'Utopia une exploitation digne de ce nom. Et je ne tolérerai pas que son œuvre soit détruite par une illuminée qui se prend pour une héroïne du Far West.

— Paul…, protesta Karen.

Mais Jillian se levait déjà.

— Mon grand-père avait des idées moins étroites que les vôtres. S'il m'a transmis Utopia, c'est parce qu'il savait que je poursuivrais son œuvre. Et croyez-moi, j'ai l'intention de la mener loin… Merci pour le café, madame Murdock.

Drapée dans sa dignité, elle se tourna vers Aaron.

— Nous avons encore à fixer les termes du contrat.

Murdock tapa rageusement sur le sol avec sa canne.

— Du contrat ?

— Pour une saillie. Je veux que Samson couvre une des juments de Jillian, précisa Aaron avec désinvolture.

— Quoi ? C'est impossible ! De mémoire de rancher, jamais on n'a vu un Murdock faire affaire avec un Baron !

— Je fais affaire avec qui je veux, l'entendit-elle répondre à son père alors qu'elle se dirigeait vers la porte.

Il la rattrapa alors qu'elle atteignait sa voiture. Le toisant avec hauteur, elle croisa les bras sur la poitrine.

— Parlons peu, parlons bien, Murdock. Quels sont tes tarifs pour une saillie ?

Aaron prit appui sur le capot.

— Tu as un joli tempérament, Jillian. Depuis quelque temps, j'étais le seul à parvenir encore à mettre mon père en rage.

Elle réprima un soupir.

— Ton père est un esprit racorni, incapable d'oublier de vieilles querelles... Tes tarifs, Murdock ?

— Viens dîner ce soir et nous en débattrons.

— Me distraire est un luxe que je ne peux pas me permettre.

— Qui te parle de te distraire ? Tout éleveur digne de ce nom sait que les meilleurs contrats se négocient au cours d'un repas d'affaires.

Jillian tourna les yeux vers le ranch. Passer une

soirée en compagnie de Paul Murdock ? Jamais elle ne tiendrait jusqu'au dessert sans casser quelque chose.

— Ecoute, Aaron, je suis d'accord pour la saillie et je suis prête à signer, si tes conditions sont acceptables. Mais je ne veux pas de rapprochement avec toi et ta famille. Cela fait plus d'un siècle que les Baron et les Murdock se détestent.

L'ombre d'un sourire passa sur les lèvres d'Aaron.

— Et qui est un « esprit racorni incapable d'oublier les vieilles querelles » ?

Jillian se força à respirer calmement. Paul Murdock était un vieil homme, après tout. Et malade, de surcroît, à en juger par son apparence. En outre, par bien des aspects, il lui faisait penser à son grand-père, même si elle aurait préféré mourir plutôt que de l'admettre.

Il serait mesquin de sa part de ne pas faire preuve d'un minimum de compréhension.

— Très bien. Je viendrai dîner. Mais si ça vire au pugilat, tu ne pourras t'en prendre qu'à toi-même.

— Nous devrions parvenir à éviter le pire. Je passe te prendre à 19 heures.

— Je connais le chemin, objecta-t-elle en le poussant pour ouvrir sa portière.

La main d'Aaron se referma sur son avant-bras.

— Je passe te prendre, Jillian, répéta-t-il, inflexible.

Elle haussa les épaules.

— Fais comme ça te chante.

Il l'embrassa avant qu'elle ait eu le temps de prévenir la manœuvre.

— C'est exactement mon intention, en effet, murmura-t-il contre ses lèvres.

Chapitre 4

Jillian fulminait toujours lorsqu'elle arriva à Utopia. Un nuage de poussière tourbillonna sous ses roues tandis que sa voiture cahotait sur la piste inégale. A cette heure, la cour du ranch était quasiment déserte. Mais même si elle avait été noire de monde, elle n'aurait pas résisté à la tentation de claquer sa portière quand même.

Elle n'avait jamais été femme à contenir sa mauvaise humeur s'il y avait moyen de l'exprimer librement. La portière malmenée claqua comme un coup de pistolet dans le silence.

Trop énervée pour se consacrer à ses registres, Jillian se dirigea vers la grange.

— Tu as l'intention d'assassiner quelqu'un en particulier ou n'importe qui peut faire l'affaire ?

Jillian tourna la tête en sursaut. Joe Carlson arrivait dans sa direction, son chapeau impeccable vissé sur la tête et un sourire amical aux lèvres.

— *Les Murdock*, lâcha-t-elle entre ses dents serrées.

Joe hocha la tête.

— Je me doutais que ça devait être quelque

chose de cet ordre. Vous n'avez pas réussi à tomber d'accord sur le prix de la saillie ?

— Nous n'en sommes même pas encore au stade des négociations. C'est te dire. Je dois y retourner ce soir.

— Ah, d'accord. D'où ton expression meurtrière.

Jillian décrocha une selle et entreprit de la nettoyer.

— Si cet étalon n'était pas une pure merveille, j'enverrais tous les Murdock au diable. Y compris et surtout le père.

Cette fois, Joe ne put s'empêcher de rire.

— Ah, je vois. Tu as fait la connaissance de Paul.

— J'ai eu droit à son opinion éclairée sur les cow-boys en jupe, surtout.

— Mmm… J'imagine la scène, en effet.

La bonne humeur de Joe était communicative. Jillian se remémora avec quel effort le vieil homme avait grimpé les marches du perron. Et sa colère retomba aussi vite qu'elle était montée.

— Je n'aurais pas dû m'énerver contre lui comme ça. Paul Murdock est âgé. Et je pense qu'il est…

Elle allait ajouter « gravement malade » mais un scrupule l'en empêcha. Paul Murdock avait sa fierté de toute évidence. Et elle ne voulait pas être à l'origine de rumeurs malveillantes sur l'état de santé du vieux tigre.

— Je pense qu'il est plus bourru que franchement mauvais, conclut-elle finalement.

Joe lui jeta un regard en coin. Jillian avait eu une

hésitation, comme si elle avait été sur le point de dire autre chose et qu'elle s'était ravisée au dernier moment. Mais il savait qu'il ne parviendrait à rien s'il essayait de l'interroger. Au cours des six derniers mois, il avait eu l'occasion de vérifier que Jillian Baron — seul maître à bord après Dieu — prenait ses prérogatives au sérieux et n'entendait pas qu'on marche sur ses plates-bandes. D'un seul regard glacial, elle était capable de remettre à sa place quiconque s'avisait de l'approcher d'un peu trop près.

— Tu as une minute pour venir voir le taureau, Jillian ?

Glissant les pouces dans les passants de sa ceinture, elle acquiesça d'un signe de tête et lui emboîta le pas.

— Gil t'a dit qu'on avait compté une cinquantaine de jeunes veaux, hier ?

— Oui. De mon côté, je suis allé voir dans la section sud du ranch. Et nous avons eu pas mal de naissances aussi.

— Combien ?

— Une trentaine. Mais ce n'est qu'un début. Le vêlage devrait continuer encore au moins une semaine ou deux.

Jillian fronça les sourcils.

— En comptant le bétail hier, j'ai eu l'impression qu'il nous manquait quelques têtes. Il faudra vérifier si une partie des vaches gestantes ne se sont pas égarées dans la montagne.

— Je me charge des recherches. Comment va l'orphelin ?

Jillian sourit. La dernière chose à faire pour un éleveur était de s'attacher à l'une de ses bêtes. Mais entre Petite Boule et elle, il était déjà trop tard pour revenir en arrière.

— Il se porte comme un charme. Je trouve qu'il a déjà grandi depuis hier.

— Et voici l'heureux papa, annonça Joe avec un clin d'œil en s'immobilisant devant l'enclos du taureau.

Magnifique. Absolument magnifique, songea Jillian en rajustant son chapeau. Le taureau leur jeta un regard noir et émit un ronflement menaçant. Sa robe d'un brun roux luisait au soleil. Il n'était pas aussi imposant qu'un Angus mais, bâti en force, il avait quand même l'allure d'un petit tank.

— Notre grand séducteur a un caractère particulièrement exécrable, commenta Joe en faisant la grimace.

— Aucune importance. Je ne lui demande pas d'être aimable. Juste de se reproduire.

— Pas de problème de ce côté-là. Il est vigoureux à souhait. C'est à peine s'il a perdu du poids pendant la saison d'accouplement. Et maintenant que nous utilisons l'insémination artificielle, il devrait pouvoir féconder toutes tes vaches ce printemps.

Avec un sourire satisfait, Jillian prit appui sur la barrière de l'enclos.

— Notre viande devrait bientôt être inégalable, en effet. Tu sais ce que j'ai appris ce matin, entre parenthèses ?

— Non ?

— Qu'Aaron Murdock était très intéressé par notre don Juan à cornes, lui aussi. Il se préparait même à faire le voyage jusqu'en Angleterre pour aller voir à quoi il ressemblait. Il a renoncé lorsqu'il a appris que nous avions déjà conclu la transaction. Je t'avoue que je suis plutôt contente de moi sur ce coup-là. Si je ne m'étais pas décidée à l'acheter sur un coup de tête, notre terreur serait en train de déployer ses talents sur les vaches des Murdock.

— Aaron était encore à Billings, il y a un an, lorsque nous avons fait venir notre Casanova d'Angleterre, observa Joe, sourcils froncés.

Jillian haussa les épaules.

— J'imagine qu'il devait quand même participer de loin aux affaires du ranch… A propos des Murdock, j'étais sérieuse, hier, lorsque je te disais que je tenais à remporter le ruban bleu du plus beau taureau à la foire de juillet. Jusqu'à présent, la compétition ne m'intéressait pas. Mais, cette année, je veux gagner. Coûte que coûte.

Joe lui jeta un regard mi-interrogateur, mi-amusé.

— Pour des raisons personnelles ?

Elle sourit.

— Si l'on veut, oui. En attendant, prions pour que les gènes de Casanova fassent des miracles et que nos bêtes partent à un bon prix à Miles City. Pour l'instant, nos comptes sont encore dans le rouge et il ne faudrait pas que ça dure… Tiens-moi au courant si tu as du nouveau sur les vaches manquantes, Joe. Je serai dans mon bureau si tu as besoin de moi.

— Je me charge des fugueuses, répéta Joe.

Et il la suivit des yeux d'un air songeur.

Il était déjà 18 heures lorsque Jillian termina enfin ses tâches administratives. Avec un soupir de soulagement, elle referma ses registres. Les comptes du ranch n'étaient pas brillants pour le moment, mais *a priori* la situation devrait s'assainir durant l'été. Entre l'avion et le taureau, les dépenses s'étaient littéralement envolées depuis qu'elle avait pris les rênes d'Utopia. Mais compte tenu de l'amélioration du patrimoine génétique de son cheptel, elle espérait de juteux profits à la vente aux enchères annuelle de Miles City.

Dans moins d'un mois, Utopia ferait partie des ranchs modernes équipés de leur propre avion. Quant au nouveau taureau, il avait déjà fait ses preuves. Se renversant contre le dossier en cuir du vieux fauteuil de bureau de son grand-père, Jillian scruta le plafond. Il ne lui restait plus qu'à essayer de dégager quelques heures ici et là pour préparer son brevet de pilote. En tant que propriétaire de ranch, elle tenait à maîtriser toutes les tâches liées à son exploitation.

Elle était capable de ferrer un cheval et de recoudre un animal blessé. Durant ses étés passés au ranch, elle avait appris à manier une faucheuse. Et s'était même risquée une fois à pratiquer une castration. Il n'y avait pas une besogne accomplie dans ce ranch qu'elle n'aurait été en mesure d'exécuter elle-même.

Mais une chose était certaine : dès qu'elle en aurait les moyens, elle embaucherait quelqu'un pour s'occuper des feuilles de salaire et tenir les livres de comptes. Il lui restait plus d'énergie après une journée de dix heures passée en selle qu'après un après-midi consacré à la paperasse et aux chiffres.

L'année prochaine, avec un peu de chance…

Riant d'elle-même, Jillian posa ses pieds chaussés de bottes sur le bureau. Comme son grand-père le lui avait dit et répété, il était imprudent pour un éleveur de tabler sur un avenir toujours aléatoire. Tout pouvait arriver en un an : une sécheresse, une épidémie, une tempête de neige.

Et puis il y aurait la facture du garagiste pour la Jeep, la note de carburant qui monterait en flèche, une fois qu'ils auraient l'avion. Sans parler des frais de vétérinaire qui pouvaient varier d'un mois à l'autre. Oui, si elle voulait s'en sortir, il lui faudrait faire des étincelles à Miles City. Et un ruban bleu gagné à la foire de juillet pourrait lui faciliter la tâche.

En attendant l'été, elle veillerait à garder l'œil sur ses veaux nouveau-nés. *Et sur Aaron Murdock.* Jillian sourit en songeant à son arrogant voisin. Si elle avait été certaine de pouvoir lui faire confiance, elle aurait eu plaisir à parler élevage avec lui. Aaron connaissait son métier. Et ils auraient sûrement eu des idées intéressantes à échanger.

Sur ce plan-là aussi, son grand-père avait laissé un grand vide en mourant. Elle n'avait plus personne désormais avec qui aborder les problèmes du ranch. Plus personne avec qui former des projets et redessiner l'avenir.

Elle avait une entière confiance en Gil, bien sûr. Mais son contremaître était trop épris de tradition pour souhaiter le moindre changement. Ce n'était pas avec lui qu'elle pouvait élaborer d'audacieuses stratégies d'expansion ou rêver de grandes innovations.

Ce qu'il lui manquait dans ce ranch, finalement, c'était quelqu'un avec qui parler. Surprise qu'une pareille idée lui traverse l'esprit, Jillian secoua la tête avec impatience. Comment pouvait-elle penser des absurdités pareilles ? De la compagnie, elle en avait à revendre, à Utopia ! Il lui suffirait de sortir dans la cour pour trouver quelqu'un avec qui rire et plaisanter.

— Tu crois que tu peux t'offrir le luxe d'avoir des états d'âme avec un emploi du temps comme le tien ? murmura-t-elle.

Dehors, près du bâtiment qui abritait la salle à manger commune, elle entendit tinter le triangle. Reconnaissant l'appel au repas du soir, elle jugea qu'il était temps de monter se changer.

Une fois douchée, Jillian hésita devant sa penderie ouverte. Il serait tentant d'enfiler simplement un jean propre et une chemise. Mais se présenter dans une tenue aussi décontractée serait considéré comme une marque d'impolitesse. S'il n'y avait eu que Paul et Aaron, elle l'aurait fait par défi. Mais elle n'avait pas envie de blesser Karen.

Fouillant parmi les quelques robes qu'elle avait reléguées au fin fond de l'armoire, Jillian sortit un ensemble en lin blanc et noua un grand foulard de couleur autour de sa taille. Concession suprême : elle appliqua une touche de maquillage et mit des boucles d'oreilles. Sans toutefois pousser le zèle jusqu'à se relever les cheveux. Se contentant d'un simple coup de brosse, Jillian les laissa onduler sur ses épaules. Inutile de se déguiser en femme du monde pour négocier un contrat, après tout !

Lorsqu'elle entendit une voiture approcher, Jillian dut se faire violence pour ne pas se précipiter à la fenêtre. Se forçant à prendre son temps, elle descendit posément l'escalier.

Ce fut un Aaron sans chapeau qu'elle trouva sur le pas de sa porte. Mais, même sans l'uniforme classique du cow-boy, il n'en restait pas moins qui il était : un homme de la terre à la beauté virile et rude, adoucie par une pointe d'élégance aristocratique.

Jillian se demanda en le regardant où il avait trouvé la patience de rester cinq années durant cloué derrière un bureau. Vêtu d'un jean et d'un chandail noir, il paraissait plus sombre et plus dangereusement fascinant que jamais. Réprimant un frisson, elle soutint calmement son regard.

— Tu es ponctuel, Aaron.

Sans l'inviter à entrer, elle tira la porte derrière elle et sortit sur la galerie. Il paraissait prudent, vu les circonstances, de passer le moins de temps possible seule avec lui.

— Je te retourne le compliment, répondit-il en lui prenant la main. Et j'ajoute que tu es aussi très belle, que tu aies envie de l'être ou non.

Le pouls de Jillian réagit par une accélération brutale.

— Tu as vraiment envie de la perdre, cette main, Murdock ?

Il garda ses doigts prisonniers des siens.

— J'ai appris une chose dans la vie, Jillian. C'est que l'on n'apprécie vraiment que ce pour quoi l'on s'est battu.

Avec une lenteur délibérée, il porta sa paume à ses lèvres, sans détacher son regard du sien. Ce n'était pas un geste auquel elle s'attendait de sa part. Pour cette raison sans doute, Jillian se soumit, immobile, sans même songer à se dégager.

C'est seulement lorsqu'il sourit qu'elle sortit de son état de transe pour le fusiller du regard.

— Je te préviens : la prochaine fois que je te frapperai, je viserai un peu plus bas.

Aaron embrassa ses doigts une seconde fois avant de les relâcher.

— Je suis prêt à le croire.

Renonçant à réprimer le sourire qui lui montait aux lèvres, elle secoua la tête.

— Bon. As-tu, oui ou non, l'intention de me nourrir, Murdock ?

Sans attendre sa réponse, elle dévala les marches. La voiture d'Aaron correspondait point pour point à l'image qu'elle s'était faite de lui avant de le connaître. Jillian siffla devant l'élégante Maserati, aux lignes basses, au profil ramassé, à l'allure redoutablement rapide.

— Joli jouet, Murdock, commenta-t-elle en prenant place à bord.

Il sourit en mettant le contact.

— Je trouve que c'est plus élégant pour promener une jolie femme qu'une Jeep ou un pick-up.

— Dans le cas présent, même un tracteur aurait fait l'affaire. Il ne s'agit pas d'une promenade galante mais d'un rendez-vous cent pour cent business, collègue.

Aaron ne répondit rien, se contentant de lui opposer un sourire énigmatique. Jillian se concentra sur ses mains brunes, qui reposaient sur le volant. Il maniait la Maserati avec autant d'aisance qu'il maniait sa monture. Et sans doute caressait-il les femmes avec une égale compétence.

Bien décidée à garder ses distances, elle se renversa

contre son dossier. Les derniers rayons du soleil couchant doraient l'herbe neuve. Un mugissement indolent s'éleva d'un pâturage proche.

— Que pense ton père du fait que je viens dîner ce soir ?

— A ton avis ? éluda Aaron.

— Il a été plutôt courtois et accueillant avec moi tant qu'il me considérait simplement comme la petite-fille de Clay Baron. Mais lorsqu'il a appris que je dirigeais le ranch, il a changé radicalement de ton… Il considère que tu es en train de fraterniser avec l'ennemi, n'est-ce pas ?

Aaron quitta un instant la route des yeux pour croiser son regard amusé.

— Et toi ? Qu'est-ce que tu en dis ?

— J'en dis que le passé est le passé. Et que ce serait dommage de passer à côté d'un arrangement avantageux pour les deux parties au nom d'une vieille inimitié dont on ne sait plus très bien au juste sur quoi elle repose.

Elle marqua une hésitation avant d'ajouter à mi-voix :

— Ton père est très malade, n'est-ce pas ?

L'expression d'Aaron se modifia à peine. Mais elle sentit quelque chose se fermer en lui.

— Oui.

— Je suis désolée, murmura-t-elle en songeant à son grand-père. C'est tellement dur pour des hommes de cette trempe de sentir que leurs forces les trahissent.

— Il est mourant, annonça Aaron d'une voix égale.

Choquée, elle secoua la tête.

— Mais ce n'est pas possible ! Il paraît encore tellement… tellement dans la vie.

— Il y a cinq ans, lorsqu'ils ont diagnostiqué son cancer, ses médecins ne lui donnaient pas plus de deux ans. Mon père leur a ri au nez, a traité sa maladie par le dédain. Et il a vécu pendant quatre ans comme si de rien n'était. Mais il a rechuté cet hiver et…

Les doigts d'Aaron se crispèrent sur le volant.

— … il tiendra peut-être jusqu'aux premières neiges mais il ne verra pas les dernières.

Il s'exprimait avec un tel détachement que Jillian se demanda ce qu'il ressentait vraiment.

— Je n'avais jamais entendu dire qu'il était malade.

— Nous avons préféré garder cela pour nous.

Sourcils froncés, elle scruta son profil.

— Alors pourquoi m'en avoir parlé ?

— Parce que tu es capable de comprendre la fierté. Celle qui aidera mon père à garder la tête haute jusqu'au bout. Et parce que rien n'est plus éloigné de ta nature que la duplicité et les cancans.

Jillian le regarda un instant puis détourna la tête. Aucun mot doux, aucun compliment n'aurait pu la toucher autant que cette simple affirmation.

— Ce doit être difficile pour ta mère, murmura-t-elle.

— Elle est plus solide qu'il n'y paraît.

Avec un léger sourire, Jillian hocha la tête.

— Forcément, oui. Sinon, elle n'aurait jamais pu rester elle-même face à un homme comme ton père.

Ils passèrent sous la grande arche de bois qui marquait l'entrée du Double M. C'était l'heure du jour où la lumière se faisait plus tendre, les ombres plus paresseuses, l'air plus doux. Quelques vaches paissaient indolemment en nourrissant les jeunes veaux encore fragiles qui se pressaient sous leurs flancs.

— J'aime bien ce moment de la journée, observa Jillian rêveusement. Lorsque les tâches du jour sont accomplies et qu'il n'est pas encore temps de penser à celles du lendemain.

Aaron contempla la main à la fois forte et fine qui reposait sur ses genoux.

— As-tu jamais songé que tu travaillais peut-être trop durement ?

— Jamais, non, pourquoi ? Tu as quelque chose contre les cow-boys en jupe, toi aussi, Aaron ?

— Je n'ai aucun problème avec les cow-boys en jupes, non. Ni avec les cow-girls en pantalon, au demeurant. Mais le bruit court, par ici, que Jillian Baron abat des journées de travail de douze heures.

— Et alors ?

Il haussa les épaules.

— Qu'est-ce que tu fais pour te détendre ?

— Il m'arrive de regarder un film de temps en temps. Mon grand-père en avait toute une collection.

— C'est une activité solitaire, observa-t-il.

— Solitaire, la vie du rancher l'est par définition, non ?

Jillian fronça les sourcils lorsque le cabriolet s'immobilisa devant une jolie maison de bois blanche.

— Qu'est-ce que tu fais ?

— Je me gare devant chez moi, précisa-t-il avec désinvolture en descendant de voiture.

Interloquée, Jillian demeura assise. Elle avait admis comme une évidence qu'Aaron habitait avec ses parents dans le vaste « ranch house » situé quelques kilomètres plus loin. Pas un instant, elle n'avait imaginé que le dîner proposé par Aaron se déroulerait ailleurs qu'en présence de sa famille.

Comme il lui ouvrait sa portière, elle lui jeta un regard sévère.

— C'est quoi, cette manœuvre tordue, Murdock ?

— *Quelle* manœuvre tordue ? Tu avais accepté mon invitation à dîner, non ?

— Parce que j'avais cru comprendre que le repas se déroulerait dans la maison familiale, en présence de tes parents.

Une lueur amusée brilla dans les yeux sombres d'Aaron.

— Tu avais mal compris, alors.

— Et tu t'es bien gardé de rectifier mon impression.

— Je n'ai pas cherché à t'induire en erreur non plus. Mes parents n'ont rien à voir avec ce qui se passe entre nous, Jillian.

— Il ne se passe rien entre nous.

Sa réaction le fit sourire.

— Nous avons un arrangement à débattre. Entre ton cheval et le mien.

Comme elle continuait à le dévisager d'un air dubitatif, il se rapprocha jusqu'à effleurer son corps avec le sien.

— Cela t'effraie d'être seule avec moi, Jillian ?

Elle leva le menton avec insolence.

— Parce que tu crois que tu me fais peur, peut-être ? Tu te surestimes, Murdock.

Amusé de voir qu'elle mordait à l'hameçon, il se pencha pour attraper sa lèvre inférieure entre ses dents.

— Peut-être que oui. Peut-être que non. Nous pourrons toujours poursuivre jusqu'à la maison de mes parents si tu te sens un peu trop… intimidée par ma compagnie.

Ignorant les battements effrénés de son cœur, elle lui jeta un regard indifférent.

— Ta compagnie ne constitue pas une menace pour moi, déclara-t-elle d'une voix égale en se dirigeant vers la porte.

« Oh, si, elle constitue une menace », songea Aaron en lui emboîtant le pas. Et il en admirait d'autant plus son courage. Prévoyant une soirée intéressante, il ouvrit et lui fit signe d'entrer.

Jillian regarda autour d'elle avec curiosité en se demandant ce que le cadre de vie d'Aaron lui révélerait à son sujet. Il semblait avoir hérité des goûts de sa mère, avec un faible pour les matériaux nobles et les lignes épurées. Un immense panneau peint sur un mur contrastait par ses couleurs vives avec le sable et l'ivoire qui dominaient par ailleurs. Même si la pièce n'était pas grande, elle donnait une impression d'ordre et de sérénité.

Jillian s'approcha d'une étagère où elle avait repéré une collection de figurines en étain. Elle nota un mustang lancé au galop et admira la délicatesse de l'exécution tout en regrettant que les goûts d'Aaron soient si dangereusement proches des siens.

Se retournant vers son hôte, elle lui adressa un sourire distant.

— C'est très agréable, chez toi. Même si le cadre est un peu simple pour un Murdock.

Il rit doucement.

— Je préfère considérer cela comme un compliment. Comment aimes-tu ta viande ?

Jillian glissa les mains dans ses poches.

— Saignante.

— Parfait. Nous serons deux, alors. Tiens-moi compagnie pendant que je fais à manger, tu veux bien ?

Il lui prit le bras et elle se laissa entraîner sans protester.

— Ainsi tu vas me servir du bœuf de chez Murdock cuisiné par un Murdock ? Quel honneur !

— Considérons qu'il s'agit d'une sorte de calumet de la paix.

Elle se mit à rire.

— Je t'avoue que je préférerais un *banquet* de la paix, en l'occurrence. Je n'ai rien mangé depuis ce matin et je suis affamée.

— Comment ça, tu n'as rien mangé depuis ce matin ?

Son regard désapprobateur la fit sourire.

— J'ai passé la journée à trier des factures et à faire des additions. Il n'y a rien de tel pour me couper l'appétit…

Elle s'interrompit pour jeter dans la cuisine un bref regard appréciateur. Le style rustique du plancher de bois et des meubles de rangement s'accordait bien avec le reste de la maison. Et pas une miette qui ne soit à sa place. Elle siffla entre ses dents.

— Tu es irréprochablement ordonné.

— J'ai vécu quelque temps dans le dortoir, avec le reste des hommes du ranch, précisa Aaron en débouchant une bouteille de vin. C'est une expérience définitive. Soit on choisit la crasse *ad vitam aeternam*, soit on devient carrément maniaque.

— Mais pourquoi as-tu atterri dans le dortoir, alors que la maison de tes parents… ?

Elle s'interrompit, consciente de se mêler une fois de plus de ce qui ne la concernait pas.

— Mon père et moi ne sommes pas faits pour vivre dans une trop grande proximité. On a déjà dû te dire que nos relations étaient plutôt tendues ?

— J'ai appris que vous aviez eu une violente dispute il y a cinq ans. Juste avant que tu partes à Billings.

— Et tu te demandes pourquoi je me suis incliné docilement devant la volonté de mon père au lieu de l'envoyer au diable et d'aller monter mon propre élevage ailleurs ?

Jillian accepta le verre qu'il lui tendait.

— Bon, O.K. Je reconnais que je me suis posé la question. Mais cela ne me regarde pas.

Il scruta un instant le fond de son verre, puis but une gorgée avant de planter son regard dans le sien.

— Non, en effet. Cela ne te regarde pas.

Sans un mot de plus, il se baissa pour sortir deux énormes steaks du réfrigérateur. Jillian but un peu de vin et garda le silence tout en observant les préparatifs du repas. Cinq ans plus tôt, les médecins avaient annoncé que son père était condamné à brève échéance, lui avait confié Aaron sans montrer d'émotion particulière. Et c'était précisément à cette époque qu'il avait accepté d'aller à Billings pour gérer les intérêts pétroliers des Murdock.

Pour attendre patiemment que le cancer fasse son œuvre et venir récupérer l'héritage dès que le vieux

Murdock aurait passé l'arme à gauche ? Glaçante, cette idée lui procura un léger frisson. *Non.* Il lui était impossible de penser cela d'Aaron. Même si ses rapports avec son père étaient conflictuels, elle le sentait incapable de fonctionner selon une logique aussi froidement opportuniste.

Reposant son verre sur la table, elle fit un pas dans sa direction.

— Je peux faire quelque chose pour t'aider ?

Jetant un regard par-dessus l'épaule, Aaron vit qu'elle l'observait calmement. Il savait quels soupçons venaient de traverser l'esprit de Jillian.

Mais il voyait à son expression qu'elle avait tranché en sa faveur. Il songea que l'opinion de cette fille aurait dû le laisser de marbre. Mais le vote de confiance muet qu'il lisait dans ses yeux le cloua sur place, en proie à un bouillonnement d'émotions difficilement définissables. Profondément troublé, il mit les steaks à griller et se tourna lentement dans sa direction.

— Oui, tu peux faire quelque chose pour m'aider, Jillian.

Plaçant les deux mains en corolle autour de son visage, il se pencha sur ses lèvres. Il avait eu l'intention de lui prodiguer un baiser rapide. Un geste simple pour apaiser les drôles de turbulences qu'elle venait de susciter en lui. Mais, loin de se calmer, ses émotions gagnèrent en intensité.

Jillian se raidit et tenta de se dégager. Jusqu'à présent, Aaron avait aimé la dimension de lutte qui entrait dans leurs étreintes. Mais, en cet instant, c'était à la douceur de Jillian qu'il aspirait. Une douceur enfouie, invisible, mais dont il pressentait la secrète présence en elle.

— Jillian, non…

Il laissa ses doigts se perdre dans ses cheveux. Et sentit vibrer dans sa voix des sentiments inconnus qu'il ne chercha ni à comprendre ni à nommer.

— Pour une fois, ne me résiste pas… s'il te plaît.

Quelque chose dans le ton d'Aaron paralysa la volonté de Jillian. Elle cessa de s'opposer, s'abandonna. Et en s'abandonnant, s'offrit quelques instants d'ineffable plaisir. Ce soir, la bouche d'Aaron n'exigeait rien. Généreuse, presque tendre, elle demandait simplement. Et son baiser était pure douceur. Les mains de Jillian cherchèrent l'appui de ses épaules. Elle laissa sa tête partir en arrière pour qu'il puisse l'embrasser plus librement.

Non sans étonnement, Aaron se découvrait capable de tendresse. Aucune femme, jusqu'à présent, n'avait réveillé cet aspect caché de sa personnalité. Il avait toujours désiré dans l'urgence ; jamais dans la durée. Alors même que l'envie de faire l'amour montait en lui, il ressentait un contentement profond, comme si une quête non formulée venait de trouver un aboutissement. Et la sensation était tellement puissante qu'il se sentit vaciller soudain au bord d'un gouffre irréversible.

Secoué, il écarta Jillian et examina ses traits avec

un mélange d'étonnement et d'inquiétude, comme s'il venait d'être victime de quelque phénomène bizarre.

Sous son regard scrutateur, Jillian fit un pas en arrière. Elle venait de rencontrer la douceur là où elle s'attendait le moins à la trouver. Et il n'y avait rien qu'elle ne soit plus fermement décidée à combattre.

Elle planta son regard dans le sien.

— Je suis venue ici pour dîner et pour parler affaires. Alors que cela ne se reproduise pas, O.K. ?

Il se tourna vers la rôtissoire et se concentra sur sa viande.

— Il serait plus avisé d'en rester là, en effet... Bois ton vin, Jillian, et oublie ce qui vient de se passer.

Elle lui obéit pour se donner une contenance.

— Je mets la table ?

Sans tourner les yeux dans sa direction, Aaron lui expliqua où trouver les assiettes et les couverts. Lorsqu'elle eut sorti la salade du réfrigérateur et préparé une carafe d'eau fraîche, elle considéra le repas préparé par Aaron avec un réel enthousiasme.

— Ou tu es un excellent cuisinier ou je suis vraiment très affamée, commenta-t-elle, l'eau à la bouche.

— Les deux. Alors mange ! Quand on est maigre comme un haricot, on ne peut pas se permettre de sauter un repas.

Elle haussa les épaules sans se formaliser.

— C'est une question de métabolisme. Je peux avaler n'importe quoi. Je ne prends jamais un gramme.

— C'est ce qui s'appelle avoir de l'énergie nerveuse.

— Je ne suis pas nerveuse, protesta-t-elle fermement.

— Peut-être pas, non. Mais tu as de l'énergie à revendre... Pourquoi as-tu quitté Chicago ? s'enquit-il avant qu'elle puisse formuler une réponse.

— Je n'y trouvais nulle part ma place.

— Tu aurais pu faire ton trou là-bas si tu l'avais *réellement* voulu.

Jillian le dévisagea un instant avant de répondre.

— Disons alors que j'ai choisi de « faire mon trou » ailleurs. Dès le premier été où je suis venue en vacances ici, je me suis sentie chez moi.

— Et ta famille ?

— Ils frissonnent discrètement d'horreur en songeant que je vis dans un désert culturel, avec des kilomètres d'herbe et de bovins pour unique horizon. Je crois que mon père a souffert de son enfance ici comme j'ai souffert d'une certaine façon de la mienne là-bas... Nous avons très peu de points communs dans ma famille.

— De quel point de vue ?

Jillian s'attaqua à son steak.

— Je détestais les cours de piano.

Il ne put s'empêcher de rire.

— Tu aurais préféré l'harmonica ?

— Oui, je sais, ça paraît banal, comme ça, de ne pas aimer le piano. Mais, pour moi, c'était un peu le symbole de mon incapacité à m'insérer dans ma propre famille. Mon frère Marc, lui, était passionné d'opéra comme ma mère et fasciné par la médecine comme mon père. Il était toujours en phase avec mes parents. Alors que j'avais l'impression d'être tombée d'une autre planète et d'avoir atterri là par erreur. Je n'ai jamais réussi à écouter *La Traviata* jusqu'au bout, c'est te dire à quel point je suis dénaturée !

— Il doit y avoir moyen de s'intégrer dans une famille tout en ayant sa propre personnalité, non ?

Le regard de Jillian se perdit dans le vague.

— Pour d'autres, peut-être. Mais dans la mienne, je faisais figure d'extraterrestre. C'est avec Clay que j'ai commencé à me sentir comprise. Lui, il ne me faisait jamais la leçon. Il se contentait de hurler, de vociférer et de jurer comme un charretier.

Avec un sourire amusé, Aaron la resservit.

— Et tu aimes qu'on te hurle après ?

— Je ne conçois pas de pire punition que de longs et patients sermons.

Il fit la grimace.

— Je n'ai jamais eu à souffrir de ce genre de maux. Mon père ne me faisait pas la morale. Il m'enfermait simplement dans la réserve à bois.

Aaron découvrit qu'il aimait plus que tout entendre le son du rire de Jillian.

— Pourquoi ne pas être venue vivre chez ton grand-père plus tôt si tu te sentais comme une étrangère à Chicago ?

Elle haussa les épaules.

— Je m'étais lancée dans des études universitaires. Mes parents jugeaient qu'il était vital pour moi d'obtenir un diplôme. Et comme il était tout aussi vital pour moi d'essayer de leur plaire, j'ai pensé que ce serait un moyen de les satisfaire. Et puis j'ai eu cette histoire avec…

Jillian se tut, sidérée d'avoir été sur le point d'évoquer sa lointaine passion pour son interne. Elle découpa méticuleusement un morceau de son steak avant de poursuivre d'un ton détaché.

— J'ai fini par comprendre que je n'arriverais à rien là-bas. Alors je suis venue à Utopia.

« Voilà donc le quelqu'un qui l'a touchée de la mauvaise façon », se dit Aaron. Elle s'était reprise très vite, mais il avait senti que la blessure restait sensible. Et que ce n'était pas encore le moment de rouvrir la plaie.

— Tu as eu raison de partir, acquiesça-t-il. C'est ici que tu as ta place, Jillian.

Troublée, elle tourna les yeux vers lui. « Ici » chez lui ? Ou « ici » dans le Montana ?

— Ma place est à Utopia, oui, crut-elle utile de préciser. Et pour en revenir au problème qui nous occupe : ton père a déclaré tout à l'heure qu'un Murdock ne faisait pas affaire avec un Baron.

— Mon père ne régit pas ma vie.

— C'est pour le contrarier que tu as décidé que ton Samson se reproduirait avec ma Dalila ? demanda-t-elle en le regardant droit dans les yeux.

La lueur d'acier dans le regard d'Aaron la fit frissonner.

— Si j'avais une revanche à prendre sur qui que ce soit, je ne procéderais pas par des voies aussi détournées, Jillian. Si je veux ta jument, c'est pour des raisons tout à fait personnelles.

— Qui sont ?

Il leva son verre.

— Mes raisons.

Jillian haussa les épaules. Rien n'obligeait Aaron à fournir des explications, après tout. Puisqu'il s'agissait d'une discussion d'affaires, ils avaient juste à tomber d'accord sur le prix.

— D'accord. Quel est ton tarif de saillie, alors ?

Aaron scruta ses traits sans répondre.

— Tu as fini de manger, apparemment ?

Baissant le nez sur son assiette, Jillian constata qu'elle n'en avait pas laissé une miette. Elle émit un léger rire.

— Je dois reconnaître que le repas était excellent. Votre bœuf est presque d'aussi bonne qualité que le nôtre.

Il répondit à son sourire en se levant pour débarrasser.

— Passons à côté, si tu veux. Je te fais un café ?

— Surtout pas, non. J'ai déjà vidé une cafetière en planchant sur mes comptes.

Aaron prit le reste de vin ainsi que leurs deux verres et emporta le tout dans le séjour.

— Tu n'as jamais songé à embaucher un comptable pour te soulager dans tes tâches ?

— L'année prochaine, si tout va bien. Ça me laisserait du temps libre pour me consacrer à des activités moins sédentaires. Je crois que je ne suis pas faite pour rester quelque part sans bouger.

— Le bruit court que tu aurais un certain talent pour capturer un veau au lasso ?

Jillian se laissa tomber sur le canapé.

— Ce n'est pas seulement une rumeur, Murdock. Si tu as envie de te mesurer à moi, c'est quand tu veux.

Il prit place à côté d'elle et se mit à jouer avec le foulard noué autour de sa taille.

— O.K., j'y penserai. Mais, en attendant, cela n'a rien d'une torture non plus de te voir en jupe, cow-girl.

Elle lui jeta un regard sévère par-dessus le rebord de son verre.

— Nous étions censés parler tarifs de saillie, rappelle-toi. Que veux-tu pour Samson ?

Aaron attrapa une mèche de ses cheveux et l'enroula nonchalamment autour d'un doigt.

— Le premier poulain.

Chapitre 5

Un silence total tomba dans la pièce. Sourcils froncés, Jillian reposa son verre.

— Tu as perdu la tête ?

— L'argent ne m'intéresse pas. Il y aura deux saillies garanties cent pour cent. Je prends le premier poulain, quel que soit le sexe. Et le deuxième est pour toi.

— Résumons-nous, Murdock : tu voudrais que je fasse pouliner Dalila, que je prenne tous les frais à ma charge, que je me trouve privée de l'usage de ma jument pendant plusieurs mois, que je paye le vétérinaire et que je te remette gentiment le résultat de tous ces efforts ? Tu te moques de moi ou quoi ?

Aaron se renversa contre son dossier avec un discret sourire aux lèvres.

— En échange, tu aurais le deuxième poulain gratuitement. Et je suis prêt à partager les frais.

Jillian secoua la tête.

— Ce serait trop contraignant pour moi. Je préfère payer pour la saillie.

— Je n'ai pas besoin d'argent. C'est le poulain qui m'intéresse. C'est à prendre ou à laisser.

Se levant avec brusquerie, Jillian se dirigea vers la fenêtre. Elle aurait adoré pouvoir lui assener un non catégorique et partir en lui claquant la porte au nez.

Mais le projet, étrangement, lui tenait à cœur. Tout comme elle avait obéi à une impulsion pour l'achat du taureau Hereford, elle savait intuitivement que l'union de Samson et Dalila pourrait donner des résultats extraordinaires. Clay lui avait d'ailleurs souvent répété qu'elle avait un feeling particulier pour les animaux.

Pensive, elle scruta la nuit obscure pendant qu'Aaron attendait en silence.

— Le premier poulain est pour moi, déclara-t-elle soudain. Et tu auras le second. C'est ma jument qui prend les risques, après tout.

Aaron hocha la tête en réprimant un sourire. C'était exactement ainsi qu'il aurait réagi si on lui avait fait la même proposition.

— Entendu. Mais à condition qu'on la fasse saillir de nouveau dès que le premier poulain sera sevré.

— D'accord, ça marche. Mais tu payes la moitié des frais de vétérinaire. Pour les *deux* poulains.

Il haussa les sourcils. Jillian était une âpre négociatrice. Et elle en savait manifestement un rayon sur l'élevage des chevaux.

— Va pour la moitié des frais. On commence dès les premières chaleurs.

Jillian hocha la tête.

— Tope là, Murdock. Tu veux que je rédige le contrat ou tu préfères t'en occuper ?

— Peu importe. Personnellement, une poignée de main me suffit.

— C'est un engagement en soi, en effet. Mais ça ne fait jamais de mal de mettre les choses par écrit.

Il lui prit la main.

— Tu te méfies de moi, Jillian ?

Elle ne put s'empêcher de sourire.

— Comme de la peste, oui. Et tu aurais d'ailleurs été déçu si j'avais réagi autrement.

— J'aime bien ton côté direct, en fait. Dommage que j'aie été absent pendant cinq ans. Mais je sens que nous allons rattraper le temps perdu, tous les deux.

— Pour ma part, je n'ai rien perdu du tout et surtout pas du temps. Et maintenant que nous avons dîné et fait affaire, Murdock, j'aimerais rentrer chez moi.

Elle voulut se détourner mais il la retint.

— Tout n'est pas encore réglé entre nous, Jillian.

— Pour ma part, j'ai traité tout ce que je voulais traiter avec toi.

Lorsqu'il fit un pas en avant, elle lui jeta un regard menaçant.

— Attention, Murdock : je ne voudrais pas avoir à te frapper une seconde fois aujourd'hui.

Il lui prit les deux mains.

— Inutile d'essayer, tu ne m'atteindrais pas. Je te veux dans mon lit, Jillian.

Elle soutint son regard sans ciller.

— Tu ne m'auras pas.

— … et lorsque nous ferons l'amour ensemble, poursuivit-il sans tenir compte de son interruption, je peux te garantir que ce sera inoubliable pour l'un comme pour l'autre.

Tirant sur ses poignets, il l'amena contre lui, si bien que le blanc immaculé de sa jupe vint se détacher sur le noir profond de son pantalon.

— Dès le premier instant où je t'ai vue, j'ai eu envie de toi.

Elle leva le menton avec son habituelle arrogance.

— C'est ton problème, Murdock. Pour ma part, tu ne m'attires absolument pas.

— Ah, non ? Tu me confirmeras ça dans une minute…

Il se pencha sur ses lèvres. Et l'embrassa. Plus voracement qu'il n'en avait eu l'intention. Avec elle, il semblait ne jamais trouver la juste mesure. Soit il tombait dans une tendresse presque éthérée ; soit il se déchaînait dans des débordements d'un désir qui n'avait plus rien de civilisé. Les bras de Jillian se tendirent pour le repousser ; son corps se raidit sous l'assaut. Mais, très vite, il la sentit céder et basculer, contaminée à son tour par l'élan qui l'emportait.

Jillian ferma les yeux. Le baiser d'Aaron était exactement tel qu'elle l'avait espéré : entêtant, éperdu, passionné. Toutes les bonnes raisons qu'elle avait eues de lui résister sombrèrent dans l'oubli. Ne surnageait plus, dans son esprit embrumé, que la conscience aiguë du plaisir.

Lorsque la bouche d'Aaron se détacha de la sienne, Jillian voulut protester. Mais ses récriminations se muèrent en gémissements de plaisir lorsqu'il pressa ses lèvres dans son cou. D'instinct, elle renversa la tête en arrière pour lui laisser une plus grande latitude. La bouche d'Aaron vint trouver son oreille. Il lécha, mordilla, murmura des mots dont elle ne saisissait pas le sens mais qui faisaient monter son excitation jusqu'au vertige.

Les mains enfouies dans les cheveux de Jillian, Aaron se laissa tomber avec elle sur le canapé. Dès l'instant où ils furent allongés, il fut pris d'une envie impérieuse de la toucher partout. Son corps était si jeune, si mince, si merveilleusement féminin et élastique sous la fraîcheur du lin blanc. Ses seins petits et ronds ne remplissaient pas sa paume, mais ils étaient fermes et parfaitement proportionnés.

Leurs jambes se mêlèrent, s'enchevêtrèrent. Leurs soupirs se confondirent lorsqu'il finit par glisser une cuisse entre les siennes. Elle s'abandonna contre les coussins ; il répondit à l'appel de son corps offert. Incapable de se détacher de ses lèvres, il l'embrassait avec une avidité qui frisait la brutalité. Et non seulement Jillian ne protestait pas, mais elle en redemandait. Son odeur l'enveloppait ; son souffle glissait dans sa bouche, murmurant des promesses muettes.

Jillian se raccrocha aux épaules d'Aaron. Le poids de son corps sur le sien lui apportait une satisfaction indicible, comme le pressentiment d'une totale complétude. Et les promesses érotiques que chuchotait Aaron étaient folie murmurée dans un monde déstructuré où ne subsistait plus qu'un tourbillon sans fin de couleurs et de formes indifférenciées.

Personne jamais ne l'avait désirée comme il la désirait. Et jamais son corps n'avait brûlé comme il brûlait en cet instant. Son unique expérience de l'amour avait été agréable et douce mais dépourvue d'exaltation. Rien ne l'avait préparée à l'immense flux de passion qui menaçait de la submerger. Elle était tentée de lâcher ses dernières amarres et de se laisser porter par la force du courant.

Une main d'Aaron glissa sous sa jupe relevée, remonta à rebours d'une cuisse pour chercher le creux doux de la chair. Elle se sentait si près d'imploser qu'elle eut peur. Peur que les morceaux épars d'elle-même restent dissociés à jamais, la laissant dépendante et privée de l'identité qu'elle s'était construite.

Prise de panique, elle se mit à lutter contre la part d'elle-même qui ne demandait qu'à céder.

— Non, protesta-t-elle dans un murmure.

— Jillian, bon sang !

Vacillant au bord du point de non-retour, Aaron l'enveloppa dans ses bras.

— Laisse-moi, je te dis !

Avec la force que seule donne la peur, Jillian

réussit à le repousser et à se lever. Avant que l'un d'eux n'ait pu prononcer un mot, elle se précipita dehors, fuyant à toutes jambes un danger qu'elle aurait eu bien du mal à nommer.

Aaron jurait haut et fort lorsqu'il la rattrapa.

— Qu'est-ce qui t'a pris, tout à coup ?

— Lâche-moi ! Je refuse qu'on me tripote !

— Tripote ?

Il n'entendit même pas son cri de douleur étouffé lorsque sa main se crispa sur son bras.

— Parce que toi, tu ne me « tripotais » pas, peut-être ? Ne me prends pas pour un imbécile, Jillian.

— Je veux rentrer chez moi, protesta-t-elle faiblement. Je t'ai déjà dit que je n'aimais pas qu'on me touche.

— *Toi* ? Tu ne donnais pas vraiment l'impression d'être à la torture, pourtant. Tu avais plutôt l'air...

Aaron s'interrompit en voyant la lueur de panique dans les yeux verts. Il y avait de la fierté aussi, dans son regard. Une fierté terrifiée à laquelle le désir se mêlait encore. Il ne put s'empêcher de penser au regard de l'étalon sauvage qu'il avait gardé, l'espace de quelques heures, attaché dans une stalle.

Conscient qu'il serrait le bras de Jillian à le briser, Aaron prit une profonde inspiration. Il savait qu'il n'aurait qu'à se pencher sur ses lèvres pour réveiller en elle des ardeurs prêtes à se rallumer. Mais certains êtres n'étaient pas faits pour vivre en captivité.

— Ecoute, Jillian, tu as le droit de différer ce qui

finira par arriver entre nous. Mais tu te trompes si tu crois pouvoir y échapper.

Elle ouvrit la bouche pour répondre, mais il l'arrêta d'un simple mouvement de la tête.

— Essaye de te taire pour l'instant, O.K. ? J'ai envie de toi et, après ce qui vient de se passer sur mon canapé, la sensation n'a rien de confortable. Je te raccompagne chez toi tant que je me sens encore d'humeur chevaleresque. Et je te conseille de vite monter dans cette voiture avant que je ne change d'avis.

Sans un mot, Jillian se laissa choir sur le siège passager de la Maserati. Ils roulèrent dans un silence épais, lourd d'hostilité réciproque. Le dos droit, les lèvres serrées, Jillian commença par ressasser ses griefs contre Aaron. Mais à mesure que le calme revenait en elle, sa colère, peu à peu, se retournait contre elle-même.

Il y avait un nom pour qualifier une femme qui semblait se donner librement à un moment, pour se débattre en hurlant quelques minutes plus tard. Et ce nom-là n'avait rien de flatteur. Jamais elle n'avait joué à ce jeu-là auparavant. Et elle n'avait pas une haute opinion des femmes qui se livraient à ce genre de caprice.

Mais si la fureur d'Aaron était justifiée, sa propre colère n'en restait pas moins parfaitement légitime. Il avait déboulé dans sa vie sans qu'elle ne lui demande rien. Et elle refusait qu'il ranime une sexualité soigneusement tenue sous le boisseau pendant cinq ans.

Elle ne voulait pas désirer pour la bonne raison qu'elle ne souhaitait pas dépendre. Si elle s'attachait à Aaron, sa confiance en elle-même s'effriterait petit à petit. Et il finirait par exercer un pouvoir démesuré sur elle. Comme elle en avait déjà fait la cuisante expérience avec Kevin.

Elle savait bien que le désir suscité par l'interne n'avait été qu'un souffle de brise à côté de la tornade déchaînée par Aaron. Ce dernier était incontestablement dangereux pour elle. Le baiser tendre, presque planant qu'il lui avait prodigué dans la cuisine avait touché en elle des zones beaucoup trop sensibles.

Mais il n'en restait pas moins qu'elle s'était comportée comme une idiote avec lui. Et s'il y avait une chose qu'elle détestait plus que tout, c'était d'être dans son tort.

Une biche franchit la clôture sur leur gauche et s'immobilisa, comme pétrifiée dans le halo des phares. Au moment où Aaron freina, elle s'envola d'un bond aérien et l'obscurité de la nuit se referma sur elle. Touchée par la beauté de la scène, Jillian tourna les yeux vers Aaron et vit qu'il souriait. Une émotion violente et douce à la fois la saisit à la gorge.

— Je suis désolée, murmura-t-elle. J'ai réagi stupidement.

Aaron quitta la chaussée des yeux.

— Même chose pour moi. Nous avons une propension à nous emporter l'un et l'autre.

Elle hocha gravement la tête.

— Comme nous allons être amenés à nous revoir, il serait peut-être judicieux de définir une ligne de conduite.

Un discret sourire joua au coin des lèvres d'Aaron.

— Ah, oui ? Et quel genre de ligne de conduite ?

— Inutile de ricaner bêtement, Murdock. Nous sommes en relation d'affaires.

— D'affaires ? murmura-t-il en passant le bras sur le dossier de son siège.

— Tu t'entraînes pour prendre cet air idiot, Murdock, ou il te vient naturellement ?

— Non, non, pas d'insultes, Baron. Nous sommes en train de conclure un arrangement à l'amiable, n'oublie pas.

Jillian lutta pour réprimer un sourire mais finit par perdre la partie.

— Tu as un certain sens de l'humour, admit-elle.

— C'est une des qualités que l'on me reconnaît, en effet. Ainsi, nous sommes partenaires en affaires. Et voisins également, ne l'oublie pas.

— Si tu tiens à être précis, on pourrait ajouter « collègues ».

— Soyons précis, alors. Je peux te poser une question ?

— Mmm… oui.

— Où cherches-tu à en venir, au juste ?

Jillian se mit à rire.

— J'essaye de faire le point sur la situation. Pour ne pas avoir à m'excuser de nouveau à la première occasion. Je déteste demander pardon.

— Cela n'arriverait pas, si tu ne te déchaînais pas pour un oui ou pour un non…

— Cette fois-ci, je resterai calme, Aaron.

— Dix contre un que tu t'emporteras de nouveau avant la fin de la conversation.

Elle se mit à rire.

— Si je relevais ce pari diabolique, Murdock, tu m'asticoterais jusqu'à me rendre folle de rage.

— Je vois que nous commençons à bien nous connaître. Mais tu ne m'as toujours pas dit où tu voulais en venir, lui rappela-t-il en s'immobilisant dans la cour du ranch.

— Nous pourrions travailler ensemble dans de bonnes conditions si nous faisions un gros effort mutuel.

— Je suis d'accord.

Il se tourna vers elle, la touchant déjà dans l'espace confiné de la voiture de sport.

— Et nous sommes appelés à rester voisins puisque nous sommes fermement enracinés ici l'un et l'autre, poursuivit-elle.

— C'est exact. Tu oublies cependant une chose, Jillian.

— Laquelle ?

— Tu as parlé de ce que nous sommes l'un pour l'autre. Mais pas de ce que nous allons être.

Elle lui jeta un regard méfiant.

— Ce que nous allons être ?

— Amants, murmura-t-il en lui caressant le cou du bout du doigt.

Jillian fit un effort pour ne pas perdre son calme.

— Je crois que nous n'avons plus rien à nous dire, Murdock. Il est impossible d'avoir une conversation suivie avec toi.

Comme elle attrapait sa poignée, il posa la main sur la sienne. Leurs visages étaient si proches qu'elle sentait la chaleur de son souffle sur ses lèvres.

— Je ne suis pas quelqu'un de patient, murmura Aaron. Mais je sais attendre lorsque cela en vaut la peine.

— L'attente risque d'être longue.

— Peut-être plus longue que je ne le souhaiterais mais moins longue que tu ne le penses, en tout cas.

Il lui ouvrit sa portière.

— Passe une bonne nuit, Jillian.

Elle descendit de voiture avant de se retourner pour lui lancer un regard assassin.

— Ne franchis pas la ligne de partage entre nos deux ranchs avant d'y avoir été invité, Murdock.

Escortée par l'écho ironique de son rire, elle grimpa l'escalier du perron au pas de course.

***

Au cours des journées qui suivirent, Jillian fit des efforts héroïques pour bannir Aaron de ses pensées. Et lorsqu'il surgissait dans son esprit quand même, elle s'appliquait à brosser de lui un portrait peu flatteur. Elle se répétait qu'il était autoritaire, capricieux et habitué à obtenir tout ce qu'il voulait. Et lorsqu'elle parvenait à se conditionner efficacement, elle en oubliait presque qu'Aaron la faisait rire, qu'Aaron la faisait désirer, qu'Aaron l'enchantait…

Les nuits, cependant, étaient difficiles. Pour échapper à ses pensées obsédantes, Jillian prit l'habitude de se coucher encore plus tard et de se lever avant même le lever du jour.

L'horizon était encore teinté de rose lorsqu'elle galopa dans les pâturages, quelques jours plus tard, pour aider ses hommes à rassembler une centaine de vaches et de veaux et les pousser dans le corral. Une opération qui à Utopia se déroulait sans cris, sans jetés de lasso et sans démonstrations de force inutiles. Jillian estimait qu'il valait mieux éviter d'épuiser les vaches en leur criant dessus et en les effrayant. Plus ils procédaient en douceur, plus le marquage au fer se passait dans de bonnes conditions.

Maintenant Dalila au pas, elle sépara une vache et son veau d'un petit groupe de génisses. En chemin, elle croisa Gil, qui arrivait à pied et immobilisa sa jument pour échanger quelques mots avec lui.

— Dans trois semaines ou un mois, lorsque nous marquerons de nouveau, nous disposerons de l'avion, déclara-t-elle avec bonne humeur. Cela nous facilitera la tâche pour repérer les bêtes égarées.

— Tu as encore trop travaillé, observa Gil en secouant la tête. Qu'est-ce qu'il se passe, Jillian ? Tu as l'air tendue, ces derniers jours.

Elle haussa les épaules.

— Il ne se passe rien de particulier. Il y a beaucoup de boulot, c'est tout. Les foins devraient commencer la semaine prochaine. C'est une période chargée.

Repérant un veau qui filait vers l'ouest, effrayé par la présence des hommes, Jillian éperonna Dalila et partit à sa suite. Comme le fuyard partait droit en direction des barbelés, elle accéléra l'allure et, à la dernière minute, réussit à attraper le jeune fugueur au lasso.

Le veau protesta et se débattit jusqu'au moment où sa mère arriva au petit trot.

— Toi, occupe-toi donc de ton petit au lieu de me regarder avec cet air de reproche. S'il s'était pris dans les barbelés, tu l'aurais trouvé dans un sale état, ton rejeton.

Libérant le veau captif, Jillian se tourna vers Gil en riant.

— Alors ? Que penses-tu de mon adresse au lasso ? Tu crois que tu as encore un vague espoir de me battre au rodéo de juillet ?

— Il faut une vie entière pour acquérir le geste parfait, petite fille, marmonna le contremaître.

Bien que le ton de Gil n'ait rien d'inhabituel, Jillian vit à son regard qu'il y avait des ennuis dans l'air.

— Qu'est-ce qu'il se passe, Gil ?

— Viens avec moi. J'ai un truc à te montrer.

Sans un mot, elle descendit de cheval et le suivit à pied en tenant Dalila par la bride. Autour d'eux, le rassemblement suivait son cours, ponctué par le mugissement inquiet des vaches, les hurlements des veaux, les mouvements majestueux des bovins dans l'herbe, les cris des hommes qui cherchaient à guider tout ce petit monde dans le corral.

— J'ai découvert ça, ce matin.

Jillian jura en voyant les fils de clôture gisant à terre.

— Bon sang ! Je me suis occupée personnellement de cette section pas plus tard que la semaine dernière, pesta-t-elle en se demandant combien de ses bêtes avaient franchi la limite pour se perdre dans les terres du voisin.

Voilà qui expliquait sans doute pourquoi elle avait constamment l'impression depuis quelque temps que ses troupeaux n'étaient pas au complet.

— Il me faudra de l'aide pour rassembler les fugitives.

— Ouais, marmonna Gil en se penchant pour ramasser le barbelé à terre. Jette un œil là-dessus, en attendant.

Alertée par la gravité de son ton, Jillian se baissa pour examiner le fil de clôture. La coupure était trop nette, trop précise pour pouvoir être attribuée à l'usure. Elle jura avec force.

— Le fil a été sectionné avec une pince, murmura-t-elle en tournant la tête vers les pâturages voisins.

De l'autre côté de la brèche, les terres des Murdock s'étendaient à perte de vue. Au lieu de la colère attendue, Jillian eut la surprise de sentir la tristesse et la déception l'envahir. Aaron aurait-il été capable de lui faire ce coup bas pour se venger d'avoir été repoussé ? Elle laissa retomber le fil endommagé.

— Envoie trois de nos hommes pour vérifier si aucune de nos bêtes ne s'est égarée de l'autre côté. Quant à la clôture, j'aimerais que tu t'en occupes toi-même. Et que tu gardes l'information pour toi.

Gil la regarda un instant de ses yeux éternellement plissés. Puis il cracha par terre.

— C'est toi la patronne, bougonna-t-il.

— Commencez le marquage sans moi, si je ne suis pas de retour à temps. Je tiens à ce que les veaux puissent être identifiés le plus tôt possible.

— Je me demande si nous n'avons pas déjà trop attendu, commenta Gil, sourcils froncés.

Préoccupée, Jillian se remit en selle.

— Ainsi, tu as l'impression qu'il nous manque des bêtes, toi aussi ? Nous en reparlerons, Gil. A tout de suite.

En chevauchant sur les terres des Murdock, elle tomba sur quelques cow-boys occupés, eux aussi, à rassembler les nouveau-nés en vue du marquage.

— Où est Murdock ? lança-t-elle à l'un d'eux. *Aaron* Murdock ?

L'homme porta un doigt à son chapeau.

— Dans les pâturages au nord, m'dame.

— La clôture a été endommagée, signala-t-elle brièvement. Quelques-uns de mes hommes vont venir récupérer mes bêtes par ici. Faites de même, de votre côté.

— Bien, m'dame.

Mais Jillian n'entendit pas sa réponse. Elle filait déjà à bride abattue dans la direction que le cow-boy venait de lui indiquer. Elle nota au passage que les hommes d'Aaron procédaient selon des méthodes assez similaires à celles qu'elle préconisait à Utopia. Les veaux et leurs mères étaient menés au corral calmement, sans hurlements et sans fanfaronnades.

Jillian repéra Aaron de loin. Juché sur Samson, il manœuvrait pour ramener un veau indocile dans le rang. Sans se soucier des regards rivés sur elle, Jillian piqua droit sur le maître des lieux. Le bord du chapeau d'Aaron jetait de l'ombre sur son visage. Elle ne pouvait discerner son expression mais sentait son regard rivé sur elle tandis qu'elle galopait dans sa direction.

— J'ai deux mots à te dire, Murdock.

— Parle.

Il poussa le veau en direction du reste du troupeau. Mais Jillian se pencha pour agripper le pommeau de sa selle.

— Seuls, siffla-t-elle entre ses dents.

L'expression d'Aaron demeura placide. Mais elle ne voyait toujours pas son regard. Il fit signe à l'un de ses hommes de récupérer le veau fugitif.

— Tâche d'être brève. Je n'ai pas de temps à perdre en mondanités, lança-t-il sèchement en chevauchant à son côté.

Jillian contrôla Dalila, qui donnait des signes de nervosité en présence de Samson.

— Il ne s'agit pas d'une visite amicale. La clôture ouest a été endommagée.

Il survola son équipe d'un regard rapide.

— Tu as besoin d'aide pour la réparer ?

— Je veux savoir qui a sectionné *délibérément* les barbelés.

Aaron lui-même ne bougea pas mais l'étalon tressaillit sous lui.

— Sectionné, tu dis ?

— Je l'ai constaté moi-même.

Il remonta son chapeau sur son front et elle vit enfin son visage. Aussi dur et implacable que lorsqu'il l'avait jetée à terre, dans le corral.

— De quoi m'accuses-tu, Jillian ?

Elle lui jeta un regard de défi.

— Je te fais part de ce que je sais. Pour le reste, c'est à toi de voir.

D'un geste qui n'avait de calme que l'apparence, il saisit les deux pans de la veste de cow-boy qu'elle avait enfilée le matin même.

— Je ne suis pas le genre d'éleveur à couper les clôtures de ses voisins, O.K. ?

Sans même tenter de se dégager, elle soutint son regard. Un vent léger se leva, jouant avec les boucles rousses qui s'échappaient de son chapeau.

— Peut-être pas toi, non. Mais vous êtes nombreux à travailler au Double M. Et j'ai la nette impression qu'il me manque du bétail. J'ai envoyé trois de mes hommes chez toi pour vérifier qu'aucune bête ne s'était échappée de ton côté. Et j'ai suggéré à l'un de tes aides de faire de même chez moi.

Il hocha la tête. Mais une colère sourde continuait à brûler dans son regard.

— Une clôture peut être sectionnée des deux côtés, Jillian.

L'espace d'une seconde, elle demeura bouche bée. Puis elle repoussa sa main avec impatience.

— Tu crois que je serais venue ici, si j'étais la coupable ?

— Vous êtes nombreux à travailler à Utopia, rétorqua-t-il, reprenant textuellement l'argument qu'elle venait de lui opposer.

Les yeux rivés sur lui, Jillian sentit sa rage retomber. Elle s'était précipitée chez Aaron sous l'empire de la colère et de la déception, sans prendre le temps de réfléchir à tous les aspects de la situation. Certains de ses hommes travaillaient à Utopia depuis des années. Et elle savait qu'ils étaient de confiance. D'autres en revanche n'étaient embauchés que pour la saison. Ceux-là étaient des errants, pour la plupart. Répugnant à se fixer, ils allaient de ranch en ranch et parcouraient l'Ouest au gré du hasard et de l'humeur.

Rien ne prouvait donc que les torts n'étaient pas de son côté.

— Il te manque du bétail ? s'enquit-elle plus calmement.

— Je te tiendrai au courant.

— De mon côté, je ferai procéder à un dénombrement du cheptel dans tout le secteur ouest.

Jillian se tourna vers le soleil levant.

— Je n'ai pas besoin de tes vaches à viande, Murdock.

— Pas plus que je ne cours après les tiennes.

Elle leva le menton.

— Tu reconnaîtras qu'il y a des antécédents. Fut un temps où les Murdock prenaient un malin plaisir à détruire les clôtures des Baron.

— En effet, oui. La dernière fois qu'un tel incident a été signalé remonte à 1921.

— Il n'empêche que l'inimitié entre les Baron et les Murdock a résisté au temps. Ton père n'a pas manqué de souligner l'autre jour que nous étions ennemis.

— Et tu penses sérieusement que mon père s'est traîné jusqu'à ta clôture en pleine nuit pour te jouer un mauvais tour ? lança Aaron avec impatience.

Elle redressa la taille.

— Je ne suis pas idiote.

— Ah, non ?

Les mâchoires crispées, il guida sa monture de manière à se placer juste en face de la sienne.

— Si tu n'es pas idiote, tu arrives très bien à le faire croire en tout cas. Je vais vérifier la clôture moi-même et je te tiendrai au courant.

Il s'éloigna au grand galop avant qu'elle puisse lui répondre. Ulcérée, Jillian repartit à bride abattue en direction d'Utopia.

Chapitre 6

Lorsque Jillian atteignit le ranch, le bétail à marquer avait déjà été guidé dans le corral. Un coup d'œil levé vers le ciel lui indiqua qu'il devait être 8 heures passées. Vaches et veaux tournaient nerveusement dans l'enclos et les aides avaient déjà commencé à les séparer. Ce qui n'était pas une mince affaire. Tout en écoutant les sons familiers qui s'élevaient dans l'air tiède et chargé de poussière, Jillian descendit de cheval et enleva la selle de Dalila. Le marquage au fer faisait partie des étapes cruciales dans la vie d'un ranch. Oubliant temporairement ses problèmes de voisinage et de barrière, elle se jeta dans la mêlée.

Certains de ses hommes s'activaient à cheval, poussant les vaches affolées d'un côté pendant que les veaux étaient rassemblés dans une autre partie du vaste corral.

Avec des cris et des invectives, une vache et son veau furent menés hors de l'enclos principal. Mais la mère fut retenue alors que son rejeton partait déjà dans la glissière. Gil allait et venait, dirigeant les opérations avec son énergie coutumière.

Avec un léger rire, Jillian enfonça son chapeau sur

ses yeux et, lasso en main, se mêla à la bataille. La poussière volait. Les veaux terrifiés hurlaient leur désarroi pendant que les mères affolées se jetaient contre la barrière pour les rejoindre.

Gil sélectionna un veau qu'il attrapa au lasso et le tira jusqu'à lui.

— La clôture est réparée ? s'enquit-elle brièvement.

— Ouaip.

— Je m'occuperai du reste plus tard. Il faudra que nous parlions sérieusement, Gil.

Il souleva son chapeau pour essuyer son front en sueur.

— Quand tu voudras... Les veaux sont regroupés. Il ne reste plus qu'à se mettre au boulot.

Jillian s'approcha de l'enclos où les veaux désespérés roulaient des yeux fous.

— Du calme, les petits gars. Ça ne va pas être agréable mais ce sera rapide, leur annonça-t-elle en guise de consolation.

Le marquage l'avait toujours fascinée, même si elle ne l'aurait pas avoué pour un empire. Les veaux entraient dans la glissière un à un et prenaient leur élan, se croyant libérés. Mais ils étaient aussitôt attrapés, soulevés et couchés sur une table. Puis soumis au fer rouge, à la vaccination et à la castration, pour certains.

Le travail était harassant, difficile, salissant. L'air sentait la sueur, la chair brûlée et le désinfectant. Des anecdotes étaient échangées ; des hauts faits relatés. Ce n'était pas le premier marquage auquel participait Jillian. Mais chaque fois elle se félicitait d'appartenir à cet univers si particulier qui était celui des ranchers.

Prenant sa place à la table, elle se chargea des vaccinations. Lorsque le dernier veau fut sorti de l'enclos, les hommes étaient affamés. Et les veaux choqués réclamaient piteusement leurs mères.

L'estomac dans les talons, Jillian s'assit sur une caisse retournée et essuya son visage noirci par la poussière. Sa chemise lui collait à la peau et elle transpirait sous son Stetson. Et ce n'était qu'un début. Il leur faudrait encore une bonne semaine avant de terminer le marquage de printemps.

Lorsque tous les aides du ranch eurent disparu dans la salle à manger commune, Gil sortit deux bières d'une glacière et lui en tendit une.

— Merci, murmura Jillian en portant la bouteille glacée à sa joue. J'ai parlé à Murdock. Il a l'intention de vérifier la clôture lui-même.

Elle s'interrompit pour boire une gorgée.

— Qu'est-ce que tu en penses, toi, Gil ? Tu crois que c'est le genre de type qui serait capable de nous faire un coup en traître ?

— A ton avis ?

Jillian haussa les épaules. Elle avait déjà tenté de réfléchir à la question. Mais les sentiments personnels compliqués que lui inspirait Aaron l'empêchaient de porter un jugement objectif.

— C'est à toi que je pose la question, Gil.

Le vieux contremaître s'absorba un instant dans ses réflexions.

— Le jeune Murdock a du caractère, mais ce n'est pas le genre de gars à agir par-derrière. Le père, lui, aurait pu s'amuser à nous faire une grosse vacherie, il y a dix ans. Rien que pour le plaisir de mettre ton grand-père en rage. Mais maintenant… Franchement, je ne vois pas les Murdock faire une chose pareille.

Gil cracha son tabac et finit sa bière avant d'enchaîner.

— J'ai compté le bétail en pâture ce matin. Il se peut que j'aie omis quelques bêtes dans la mesure où elles ont été dispersées par le rassemblement.

Jillian reposa la bouteille qu'elle venait de porter à ses lèvres.

— Et alors ?

— J'ai l'impression qu'il nous en manque une bonne centaine.

— Une *centaine* ? répéta-t-elle, choquée. Jamais une telle quantité de vaches ne serait passée à travers la brèche d'une clôture. Pas d'elles-mêmes, en tout cas.

Gil hocha la tête.

— Les gars que j'ai envoyés chez Murdock sont revenus un peu avant toi. Seule une douzaine de nos bêtes avait franchi la ligne de frontière entre les deux ranchs.

Jillian fronça les sourcils.

— Mais où seraient passés les animaux manquants, alors ?

— C'est bien la question, justement.

— Je veux qu'on procède à un dénombrement rigoureux du cheptel dès demain matin. En commençant par les pâtures de la section ouest.

Baissant les yeux, elle nota qu'elle avait serré les poings.

— L'explication la plus plausible est qu'un des hommes de Murdock vole notre bétail — peut-être pour le Double M, mais plus vraisemblablement pour son propre compte.

Gil mordilla sa chique.

— Peut-être.

— Ou alors c'est un des nôtres qui a fait le coup.

Le vieux contremaître soutint calmement son regard.

— C'est tout aussi possible, oui. Il se pourrait que Murdock s'aperçoive qu'il lui manque des bêtes également.

Jillian hocha la tête.

— Pour le dénombrement du cheptel demain, ne choisis que des hommes de confiance. Des gens qui travaillent pour nous depuis au minimum un an. Et qui savent tenir leur langue.

Gil hocha la tête.

— Tu as l'intention de collaborer avec Murdock pour pincer le voleur de bétail ?

— S'il le faut.

Elle se souvint de la colère d'Aaron quelques heures plus tôt et soupira.

— Va te restaurer, Gil.

— Tu viens aussi ?

— Non.

Secouant la tête, elle posa la selle sur le dos de Dalila et entreprit d'ajuster les sangles. Juste au moment où elle allait enfourcher sa jument, Gil lui tapa sur l'épaule. Jillian vit qu'il tenait un morceau de pain avec de la viande.

— Mange ça, tu m'entends ? C'est un ordre. Tu vas finir par t'envoler au premier coup de vent, sinon.

Elle sourit et mordit à pleines dents dans le sandwich improvisé.

— Vieux chien galeux, va !

Se penchant sur Gil après s'être assurée que personne ne regardait, Jillian ignora ses protestations et lui planta un baiser sur chaque joue.

Elle sortit de la cour au trot puis lança sa monture au galop en direction des pâturages du secteur ouest. Allant d'enclos en enclos, elle compta rapidement le cheptel et parvint à un résultat assez similaire à celui avancé par Gil.

Cent bêtes en moins… Fermant les yeux, elle s'efforça de réfléchir calmement. L'hiver qui avait été rude lui avait coûté une vingtaine de têtes. Mais les pertes qu'elle subissait maintenant n'avaient rien à voir avec les aléas de la nature. Il lui fallait identifier le voleur de toute urgence avant que l'hémorragie ne se poursuive.

Jillian jeta un coup d'œil de l'autre côté de la clôture. D'un côté comme de l'autre, le bétail paissait paisiblement, comme si rien d'anormal n'était venu troubler leur tranquille existence bovine. De nouveau, elle serra les poings. La perte qu'elle venait de subir entamerait sérieusement son chiffre d'affaires.

Et il n'était pas dit qu'elle serait capable de remonter la pente si le voleur de bétail récidivait. Mais elle ne pouvait s'offrir le luxe de paniquer. Avant de porter plainte auprès des autorités, il fallait que Gil et ses aides effectuent un dénombrement précis du cheptel pendant qu'elle procéderait à de fastidieuses vérifications comptables de son côté. En attendant, elle se sentait sale, fatiguée et découragée. Et elle voulait remédier à cette situation avant de retourner au ranch.

Une semaine seulement s'était écoulée depuis la dernière fois qu'elle était venue à l'étang. Mais déjà le feuillage des trembles et des peupliers s'était étoffé. Même les boutons rose pâle des églantines commençaient timidement à se former. Des rudbeckias fleurissaient au bord du chemin et un passereau déchaîné chantait à la gloire du printemps.

Le soleil avait déjà dépassé le zénith. Se donnant une heure pour recharger ses batteries, Jillian attacha Dalila à une branche d'arbre et la laissa brouter au bord de l'eau. Puis elle jeta son chapeau par terre et s'assit sur une pierre pour envoyer valser ses bottes. Son jean et sa chemise suivirent le même chemin.

Dès l'instant où l'eau fraîche se referma sur elle, Jillian oublia les raideurs dans sa nuque et le bas de son dos. Même le désespoir et la peur s'atténuaient à mesure qu'elle se délassait, puisant dans le ciel, l'herbe et l'eau les forces qui lui manquaient. Avec un léger soupir de bien-être, elle ferma les yeux, renversa la tête en arrière, et s'immergea entièrement.

Aaron ne se demanda pas comment il avait su qu'il la trouverait là. Il ne s'interrogea pas non plus sur ce qui l'avait poussé à la rejoindre. Immobile sur sa monture, il se contentait de s'imprégner de la scène : le bouquet d'arbres, l'eau claire et la naïade qui se laissait flotter sur le dos, se mouvant avec des gestes lents qui ne troublaient ni le silence ni le chant pur des oiseaux.

Pour la première fois, il voyait Jillian dans un total abandon. Elle baignait dans cette profonde intimité avec soi-même que seule autorise la plus grande solitude. Aaron avait conscience que sa propre présence était intrusive. Et, pourtant, aucun effort de volonté au monde n'aurait pu le faire bouger de son poste d'observation.

La peau de Jillian était d'une blancheur de lait, ses cheveux brillaient comme une coulée d'or rouge au soleil. Aaron sentit un feu sourd couver dans ses reins et se propager dans ses veines en lentes spirales ascendantes.

Savait-elle à quel point elle était attirante, au moins, avec ce corps souple et délié, ce visage à l'ovale pur qui exprimait un mélange fascinant de fragilité et de force ?

« Non. Elle ne sait pas », dit une voix en lui. Et il était grand temps qu'un homme se charge d'éveiller Jillian Baron à la conscience de sa propre beauté. Se laissant glisser au bas de sa monture, Aaron attacha Samson à un arbre de son côté du domaine.

Lorsqu'elle remonta à la surface de l'eau, Jillian ouvrit les yeux et trouva Aaron debout, au bord de l'étang, le regard rivé au sien. A une première réaction de choc succéda une vive irritation. Puis une indignation outrée lorsqu'elle réalisa qu'elle se trouvait en posture délicate.

Et puisqu'il était trop tard pour le réflexe pudique, elle opta pour l'insolence.

— Et si tu décampais d'ici, Murdock ? Tu ne vois pas que la place est occupée ?

— L'eau est bonne ? s'enquit-il nonchalamment.

Aaron devait reconnaître qu'elle faisait preuve d'un sang-froid admirable. Une autre femme à sa place aurait poussé des cris horrifiés et déployé de vaines stratégies pour tenter de se couvrir. Jillian, elle, se contentait de le chasser.

— L'eau est froide, Murdock. Je pense que tu dois être pressé de te remettre à ton marquage.

Avec un sourire amusé, Aaron s'assit sur une pierre au bord de l'eau. Ses vêtements, comme ceux de Jillian, étaient maculés de sueur et de crasse.

— Les veaux attendront. La matinée a été dure et je m'accorde une pause.

— J'étais là avant toi, figure-toi. Si tu avais ne serait-ce qu'une once de savoir-vivre, tu serais déjà reparti discrètement.

— Si j'avais du savoir-vivre, oui, acquiesça-t-il, obligeamment, en se penchant pour retirer ses bottes.

Jillian le fusilla du regard.

— On peut savoir ce que tu fais ?

— Je me prépare à piquer une tête, annonça-t-il avec un sourire engageant.

— Si tu as le toupet de mettre un pied dans cet étang, je te descends, Murdock.

Le sourire d'Aaron s'élargit tandis qu'il déboutonnait sa chemise.

— Tant que je reste de mon côté, je suis dans mon droit, non ?

Jillian eut une vue imprenable sur un superbe torse basané aux muscles fins, bien définis, d'une beauté presque féline. Du coin de l'œil, elle mesura la distance qui la séparait de ses vêtements. Quelle poisse ! Pourquoi ne les avait-elle pas laissés au bord de l'eau au lieu de les abandonner en tas un peu plus loin ?

Aaron, lui, semblait tirer un réel plaisir de cet épisode embarrassant.

— Hé, inutile de te braquer sur des questions de territoire. Tu n'as qu'à imaginer un fil de clôture tendu entre nous, suggéra-t-il aimablement en débouclant sa ceinture.

Jillian aurait détourné les yeux si elle n'avait pas capté la lueur moqueuse dans son regard. Conviée malgré elle à un strip-tease en règle, elle réussit à rester de marbre. Même si elle dut déglutir discrètement à une ou deux reprises.

Pourquoi fallait-il *qu'en plus* il soit bâti comme un dieu ? Avec tous les attributs virils qui allaient avec. Stoïque, elle prit soin de rester de son côté de l'étang. Lorsque Aaron plongea, des vaguelettes vinrent courir sur sa peau. Avec un léger frisson, elle s'enfonça dans l'eau.

— Ça t'amuse vraiment, cette petite farce, Murdock ?

Aaron poussa un soupir de bien-être. L'eau claire avait rincé la sueur et la poussière, et calmé momentanément les ardeurs de sa libido. Il tourna la tête vers elle en souriant.

— Tu admettras que la vue que j'ai d'ici n'est pas plus indécente que celle dont je bénéficiais sur le bord… A ce propos, je croyais que les rousses étaient criblées de taches de rousseur…

Une fossette se creusa dans la joue de Jillian. A présent qu'il était déshabillé aussi, ils se trouvaient de nouveau sur un pied d'égalité, après tout.

— J'ai eu la chance d'échapper à cette calamité. Toi,

tu es bâti comme un cow-boy classique, commenta-t-elle. Des jambes trop longues… Pas de hanches.

Se laissant flotter librement, elle conclut sur un mensonge insolent :

— J'ai déjà vu mieux, en matière d'anatomie masculine.

Résistant à la tentation de l'attraper par une cheville et de la tirer jusqu'à lui, Aaron se contenta de basculer sur le dos.

— C'est une habitude chez toi de venir nager nue ici ?

— Il n'y a jamais personne dans le coin. Enfin… c'était le cas jusqu'à maintenant. Si tu as l'intention de venir te baigner régulièrement, il faudra que nous mettions un calendrier au point.

— Je peux m'accommoder de ta compagnie, murmura-t-il en se rapprochant de la ligne de partage imaginaire qui barrait l'étang.

— Reste de ton côté, Murdock. Tu sais qu'on a le coup de fusil facile, chez les Baron.

Pour montrer que sa présence ne l'affectait pas, elle ferma les yeux et fit la planche.

— J'aime bien venir ici le dimanche après-midi, lorsque les gars sont de repos et qu'ils s'assemblent dans la cour pour nettoyer leur matériel et se raconter leurs histoires. C'est le seul moment de la semaine où ils se rappellent que je suis une femme. Du coup, ils se sentent obligés d'édulcorer leurs récits. C'est désagréable pour eux comme pour moi.

— Et le reste du temps, le fait que tu sois une femme ne les dérange pas ?

— Lorsqu'on est occupé à convoyer le bétail, à nettoyer les étables ou à réparer une clôture, le sexe ne compte pas.

Aaron tourna la tête et fit glisser sur elle un long regard appréciateur.

— Si tu le dis…

Jillian rit doucement et laissa ses jambes descendre vers le fond.

— De toute façon, il faut bien que je laisse mes employés entre eux de temps en temps pour qu'ils puissent râler un bon coup contre leur patronne. Tes hommes aussi se plaignent, Murdock ?

Aaron sourit.

— Nous avons frisé l'insurrection lorsque ma sœur a décidé d'aménager le dortoir, il y a sept ans. Elle était déterminée à le transformer en petit nid douillet avec de jolis rideaux à fleurs et des murs couleur pastel.

Renversant la tête en arrière, Jillian éclata de rire.

— Oh, mon Dieu ! Des rideaux à fleurs pour des cow-boys ! Comment se fait-il que ton père l'ait laissée faire ?

— Ma sœur ressemble à ma mère, répondit-il simplement. Mon père ne peut rien lui refuser. Mais les gars devenaient fous, là-dedans. J'ai bien cru que ça allait mal se terminer.

— Je parie que tu as retiré discrètement les rideaux une nuit et que tu les as fait brûler dans un coin ?

Les yeux d'Aaron pétillèrent.

— J'ai réussi à tenir sept ans en gardant le silence sur mon forfait. Ne compte pas me faire passer aux aveux maintenant… Vous avez marqué l'orphelin aujourd'hui ?

Jillian hocha la tête.

— Marqué, tatoué et vacciné, oui.

— Et rien de plus ?

Elle sourit.

— Rien de plus, non. Taurillon il est, taureau il deviendra. Quelque chose me dit qu'il pourrait se muer en un sérieux rival pour son père. Ce serait dommage de castrer un futur reproducteur.

Ramenée aux réalités du moment, Jillian fronça les sourcils.

— J'ai vérifié la clôture ouest, au fait. Et je n'ai pas trouvé d'autres brèches.

Aaron hocha la tête. Il savait qu'ils auraient à aborder le sujet tôt ou tard. Mais il regrettait déjà le moment de paisible camaraderie qu'ils venaient de partager.

— Mes hommes ont récupéré six bêtes fugitives passées de votre côté.

— Et sinon ton cheptel est au complet ? s'enquit-elle après une légère hésitation.

— Ça m'en a tout l'air, oui. Pourquoi ?

— Parce qu'il me manque cent têtes, Aaron.

Sidéré, il lui attrapa le bras.

— *Cent ?* Tu en es sûre ?

— Nous n'avons encore effectué qu'un dénombrement approximatif. Mais je sais qu'une quantité importante de mes bêtes a disparu, en tout cas.

Aaron secoua la tête.

— Je ferai compter le cheptel de mon côté. Mais je ne vois pas comment une centaine de têtes venues de chez toi auraient pu passer la brèche et se disperser sur mes terres sans que personne s'en aperçoive.

— Je sais qu'elles n'ont pas disparu chez toi, Aaron.

Il lui effleura la joue.

— J'aimerais t'aider. Si nous survolons ton ranch en avion, nous repérerons peut-être les fugitives.

Tentée de s'appuyer sur lui comme la première faible créature venue, Jillian secoua la tête.

— Je te remercie de me le proposer. Mais je doute que les bêtes manquantes se soient simplement égarées.

— Je suis de ton avis, admit-il, le regard sombre. Je t'accompagnerai chez le shérif.

Elle se mordit la lèvre.

— Merci, mais ça ira. Je peux me débrouiller toute seule.

— Tu *peux*, oui. Mais rien ne t'y oblige.

Aaron se demanda comment il avait pu se laisser leurrer par son assurance de surface au point de passer à côté de la fragilité qui se dissimulait sous le masque. Ses yeux paraissaient immenses, presque enfantins. Et il y avait comme un fond de panique dans son regard.

Par un réflexe instinctif de protection, il l'attira contre lui. Mais comme les mots lui manquaient, il finit par chercher sa bouche. Les lèvres de Jillian s'entrouvrirent et elle se laissa porter par la douceur du baiser. Elle ne se souvenait pas de s'être jamais sentie aussi détendue. Comme si elle était en synergie totale avec les gestes, les caresses, les mouvements d'Aaron.

Légère et réconfortante tout d'abord, sa bouche, peu à peu, se faisait plus insistante. Elle sentait son cœur d'homme battre fort et vite contre le sien. A mesure que le baiser s'approfondissait, une sensation de vide se creusait au fond de son ventre. Son corps se tendit et son cœur, soudain, se mit à croire à la promesse du partage.

Mais lorsque son esprit commença à s'embrumer et qu'elle se sentit lâcher prise, l'imminence de la chute la fit sortir en sursaut de son état de transe.

Si Aaron obtenait d'elle ce qu'il voulait, ce ne serait pas du partage. Juste un don unilatéral. Et donner, c'était prendre le risque de la dépossession.

D'un geste vif, Jillian se dégagea de son étreinte. En se demandant si elle avait perdu la tête. Comment pouvait-elle laisser un Murdock lui faire l'amour alors que son fil de clôture avait été sectionné et qu'il lui manquait une centaine de têtes ?

— Je t'avais dit de rester de ton côté, Murdock, lança-t-elle en se détournant pour regagner la berge.

Estomaqué, Aaron la suivit des yeux. La façon dont elle s'était abandonnée dans ses bras avait fait de lui un autre homme. Jillian était la première à toucher la part la plus secrète, la plus vulnérable de son être. La première à éveiller en lui le désir du don, de la profondeur, du partage.

Mais elle était également la première à le rejeter avec dédain, comme si elle avait affaire à un dragueur quelconque qui aurait cherché à tirer parti de la situation.

— C'est un sport, chez toi, de souffler ainsi le chaud et le froid, Jillian Baron ?

Jillian enfila sa chemise sans même prendre la peine d'en secouer la poussière. Pour une raison qu'elle ne parvenait à définir, elle était au bord des larmes.

— J'ai failli me laisser prendre à ton jeu, lâcha-t-elle entre ses dents serrées. Mais ces paroles réconfortantes, ces gestes tendres, cette proposition d'aide… c'était juste une stratégie pour parvenir à tes fins. Désolée, mais c'est le genre d'hypocrisie qui me donne envie de gerber, Murdock.

Les mains d'Aaron se crispèrent sur le bouton de son jean. Il sentait monter une rage si violente qu'il se demanda s'il parviendrait à la maîtriser.

— Attention à ce que tu dis, Jillian.

Le regard étincelant d'indignation, elle se tourna vers lui.

— Tu as été clair depuis le début sur ce que tu voulais de moi, non ? Je n'avais pas de problème de disparition de bétail lorsque tu étais encore à Billings, très occupé à attendre que ton père...

Horrifiée par l'accusation qu'elle s'apprêtait à lancer, Jillian s'interrompit net. Elle ouvrit la bouche pour s'excuser mais la referma sous le regard meurtrier d'Aaron.

— A attendre quoi ? s'enquit-il d'une voix dangereusement calme.

Même si elle aurait volontiers donné la moitié de ses terres pour pouvoir retirer les paroles odieuses qu'elle venait de prononcer, Jillian réagit à la menace par le défi.

— Je te laisse le soin de répondre à cette question toi-même, Aaron. Tout ce que je te demande, c'est de ne plus jamais poser la main sur moi. Et de garder définitivement tes distances. Tes mots doux me révulsent, O.K. ?

Sur cet adieu, elle fit demi-tour et s'éloigna à grands pas pour récupérer son jean.

Aaron ne se donna pas le temps de réfléchir avant d'agir. Son lasso sifflait déjà dans l'air avant qu'il ait réalisé ce qu'il était en train de faire. Les paroles de Jillian l'avaient blessé au vif. Il venait de lui donner quelque chose de lui-même qu'il n'avait encore jamais partagé avec aucune autre femme. Et elle foulait aux pieds ce qu'il y avait en lui de plus authentique et de plus sincère.

Jillian poussa un léger cri de surprise lorsque le nœud coulissa juste au-dessus de sa taille, lui immobilisant les deux bras.

Elle se retourna pour le foudroyer du regard.

— Ça ne va pas, non ? Qu'est-ce que tu fais ?

— Ce que j'aurais dû faire il y a déjà une semaine.

Tirant sur la corde d'un geste sec, il l'amena à lui. Son regard était noir de rage.

— Mais ne t'inquiète surtout pas, Jillian : il n'y aura pas de mots doux, cette fois.

— Tu me le payeras, Murdock. Et cher.

Cela, Aaron voulait bien le croire. Mais il n'en avait strictement rien à faire, en la circonstance. Il l'attrapa par les hanches et la pressa contre lui.

— Tu as l'art de rendre les hommes fous, Jillian. La douceur et l'abandon incarnés à un moment ; puis une chatte sauvage toutes griffes dehors cinq minutes plus tard. Puisque tu sembles incapable de savoir ce que tu veux, je vais décider pour toi.

Il l'embrassa avec un mélange de rage et de désir dont Jillian perçut aussitôt l'écho vibrant en elle. Ce qui ne l'empêcha pas de lutter comme une tigresse.

Pressée contre son torse mouillé qui détrempait sa chemise, elle sentit la terre se dérober sous ses pieds lorsqu'il la renversa sous lui. Même plaquée au sol sous le poids d'Aaron, Jillian ne céda pas à la panique mais continua à se tortiller, à se débattre ;

puis à l'insulter lorsque ses lèvres quittèrent les siennes pour lui dévorer le cou et les épaules. Mais son juron se mua en gémissement lorsque sa bouche revint se mêler à la sienne. Ses mouvements sous lui changèrent de tonalité, passant de la protestation à l'invite. Mais ce fut à peine s'ils s'aperçurent du changement. Jillian ne répondait plus qu'à l'appel impérieux de son désir. Désir pour cet homme-là et nul autre. Désir pour Aaron. Et elle savait que rien ne pourrait plus l'empêcher d'y céder.

Aaron, lui, était comme noyé en elle. Il avait tout oublié : le lasso, sa douleur, sa colère. Il n'avait plus conscience que de sa présence sous lui. De sa fragilité. De sa sensualité active. De la clameur assourdissante dans son ventre et dans ses reins. Devenue avide, la bouche de Jillian refusait de quitter la sienne. Ses mains couraient dans son dos, ses doigts s'enfonçaient dans sa chair, se raccrochaient à ses hanches.

Jillian changea de position pour ajuster plus étroitement son corps au sien. Une odeur grisante d'eau et d'herbe froissée lui montait à la tête. Les deux syllabes de son prénom résonnèrent à son oreille comme un appel.

Il n'y avait aucune douceur dans leur étreinte. Et aucune parole n'était nécessaire. Ce qu'ils s'apportaient en cet instant était aussi primitif que mutuel.

Elle poussa un gémissement de reconnaissance lorsque Aaron déboutonna sa chemise pour porter les lèvres à ses seins. La montée du plaisir fut si brusque et si déchirante qu'elle demeura sans force pendant qu'il s'activait à réveiller son désir avec ses dents et sa langue tour à tour. Pressé de la débarrasser de sa chemise, Aaron tira d'un mouvement brusque. Rencontrant une résistance inattendue, il chercha d'où venait le blocage.

Et se figea d'horreur lorsque ses doigts touchèrent le crin du lasso. Le souffle court, comme frappé par la foudre, il ferma les yeux, luttant comme un possédé pour recouvrer la raison. Le visage enfoui entre les seins de Jillian, il sentait son cœur battre contre sa joue comme un oiseau en cage.

Qu'avait-il fait ?

Il avait été à deux doigts de prendre de force une femme ligotée et non consentante. Quelle que soit la provocation au départ, il n'y avait pas de rédemption possible à ses yeux pour un acte tel que celui-là. Lâchant une obscénité, il la libéra de ses liens sans quitter son visage des yeux.

Immobile et comme noyée, elle avait l'air d'une gisante. Ses lèvres étaient gonflées et humides de ses baisers. Le regard voilé de ses yeux mi-clos ne lui livra aucun indice sur ce qu'elle ressentait.

— Tu voulais me faire payer ? C'est le moment, murmura-t-il sombrement en roulant sur le dos.

Jillian souleva les paupières. Le ciel était d'un bleu pur au-dessus de sa tête et le passereau chantait toujours. Oui, elle pourrait se venger. Elle avait lu l'horreur et le dégoût de soi dans le regard d'Aaron.

Il lui suffirait d'ailleurs de pas grand-chose. Juste de se lever et de s'éloigner sans un mot.

Mais elle n'était ni stupide ni masochiste.

Roulant sur lui, elle plongea son regard dans le sien.

— Tu payeras, oui, Murdock. Si tu ne finis pas ce que tu as commencé.

Sans lui laisser le temps de répondre, elle s'empara de sa bouche, enfouit les doigts dans ses cheveux et frotta doucement son torse nu contre le sien. Le grognement de plaisir d'Aaron résonna dans sa bouche, se mélangea à son souffle, vibra jusque dans ses reins.

Tout se passa alors dans un furieux tourbillon. Toujours en position dominante, Jillian s'attaqua au jean d'Aaron et le fit descendre sur ses hanches. En lui caressant les flancs, elle sentit une profonde cicatrice sous ses doigts et éprouva une douleur aiguë, comme si sa propre chair avait été lacérée.

Sans un mot, il la fit rouler de nouveau sous lui. Avec leurs doigts, avec leurs lèvres, ils s'amenèrent mutuellement vers une frénésie qui frisait la souffrance. Il se joignit à elle alors qu'elle était secouée par un spasme et ranima son désir d'une seule poussée. Et ce fut une longue montée aveuglante, jusqu'à la chevauchée finale où ils explosèrent dans un râle partagé.

Pendant un long moment, Jillian demeura immobile, flottant dans un vide désincarné. Les mains sur le dos d'Aaron, elle sentait sa respiration laborieuse. Même après la violence du cataclysme, ils n'étaient, étrangement, ni apaisés ni même repus. C'était la première fois que Jillian expérimentait un tel phénomène. Comme si rien ne pouvait calmer l'élan démesuré qui les jetait l'un vers l'autre.

Avec un léger frisson de plaisir et d'inquiétude mêlés, elle comprit qu'elle le désirait encore. Qu'elle voulait reproduire ses sensations à l'identique, retrouver cet instant de gloire où leurs deux corps brûlants s'étaient fondus en une seule torche vive qui ne demandait qu'à se consumer.

Après toutes ces années où elle s'était prudemment abstenue de toute implication affective, elle se retrouvait en manque d'un homme qu'elle connaissait à peine. Un homme pour lequel elle était censée ne ressentir qu'hostilité et méfiance.

Mais le plus effrayant, c'est qu'elle avait une entière confiance en lui, au contraire. Et c'était peut-être encore ce qui la terrifiait le plus. Elle n'avait aucune raison logique de se fier à Aaron Murdock, pourtant. Lui faisant oublier ses ambitions, son travail et ses responsabilités, il l'avait ramenée au constat élémentaire qu'elle était femme. Et, au lieu de lui en vouloir, elle en tirait un plaisir insensé.

Aaron releva la tête et repoussa tendrement une mèche rousse qui lui tombait sur les yeux.

— Jillian… Cela devrait être facile entre nous, maintenant, et pourtant ça ne l'est pas, murmura-t-il doucement. Tu comprends ce qui se passe ?

S'autorisant une dernière faiblesse, elle pressa un instant sa joue contre la sienne.

— Non, je ne comprends pas, chuchota-t-elle. Il faut que je réfléchisse.

— Réfléchir à quel sujet ?

Elle ferma les yeux un instant et secoua la tête.

— Je ne sais pas. Laisse-moi maintenant, Aaron. J'ai besoin d'être seule.

Ses doigts se crispèrent sur les siens.

— Pour combien de temps ?

— Je ne peux pas te le dire.

Il aurait été si simple pour lui de la retenir. Quelques baisers, quelques caresses auraient suffi. Mais Aaron songea au mustang sauvage qu'il avait eu tant de mal à capturer.

Avec un léger soupir, il roula sur le côté et lui rendit sa liberté. Ils se rhabillèrent en silence, chacun de son côté, secoués par des sentiments pour lesquels ils n'avaient de mots ni l'un ni l'autre.

Lorsque Jillian se pencha pour récupérer son chapeau, Aaron la retint par le poignet.

— Si je te disais que ce qui vient de se passer a de l'importance pour moi — beaucoup plus que je ne l'avais prévu et sans doute beaucoup plus que je ne l'aurais souhaité —, tu me croirais ?

Jillian s'humecta les lèvres.

— Je te crois, maintenant. La question est de savoir si je le croirai toujours demain.

Aaron ramassa son propre Stetson, le vissa sur son crâne et lui saisit le menton.

— J'attendrai, mais pas indéfiniment. Et si tu ne viens pas à moi, j'irai à toi.

Jillian ignora le léger frisson d'excitation qui lui courut sur la peau.

— Si je ne viens pas à toi, il sera inutile de chercher à me revoir, Aaron, murmura-t-elle en se détournant pour détacher sa jument.

Il saisit la bride de Dalila, le temps de plonger son regard dans le sien.

— Je ne renoncerai pas, Jillian.

Se détournant sans attendre sa réponse, il franchit la ligne de frontière entre leurs deux terres, sauta sur sa monture et disparut au grand galop.

Chapitre 7

« Si tu ne viens pas à moi, j'irai à toi. »

Ces paroles continuèrent à résonner dans la tête de Jillian pendant la chevauchée du retour. Et poursuivirent leur refrain lancinant même une fois qu'elle eut repris ses activités. Elle savait qu'il y avait eu quelque chose de plus entre Aaron et elle qu'une étreinte sauvage culminant sur une violente flambée de jouissance. Mais si elle était prête à assumer l'attirance physique, elle n'était pas tout à fait certaine de vouloir affronter les sentiments confus qu'Aaron suscitait en elle.

Si elle allait le retrouver, qu'adviendrait-il de leur histoire ? Le risque, elle le voyait se profiler, évident, effrayant. Si elle lâchait les rênes, maintenant, il n'en faudrait pas beaucoup pour qu'elle tombe amoureuse. Une fatalité que Jillian avait autant de mal à admettre qu'à comprendre.

Elle avait toujours pensé que les gens tombaient amoureux parce qu'ils en décidaient ainsi. Qu'ils aimaient parce qu'ils se sentaient prêts à vivre en couple, à s'engager. Prête, elle l'avait été, quelques années plus tôt, lorsqu'elle avait rencontré Kevin.

Prête à expérimenter les émotions qui pour elle allaient de pair avec la grande aventure amoureuse.

Mais, aujourd'hui, elle ne se sentait ni mûre ni disposée à rencontrer un homme. Et ce qu'elle éprouvait pour Aaron n'avait rien de doux. Il y avait une violence dans ses sentiments pour lui dont elle ne savait honnêtement quoi penser.

Pouvait-elle se permettre d'aller à lui et de s'abandonner de nouveau aux tornades qu'il faisait naître en elle ? Au risque d'oublier toutes ses responsabilités ? Jillian était consciente que la position qu'elle occupait à la tête du ranch restait précaire. Elle n'avait pas encore eu le temps, en quelques mois, d'asseoir solidement son autorité. Si elle se laissait emporter par la passion, parviendrait-elle malgré tout à tenir le cap et à rester maître du navire ?

Supporterait-elle, en outre, le déséquilibre sentimental qui se creuserait forcément entre Aaron et elle ? Et surmonterait-elle la rupture lorsqu'il déciderait de poursuivre son chemin de son côté ? Elle ne se faisait aucune illusion sur leur avenir commun. A part son grand-père, aucun homme, jamais, ne s'était attaché durablement à elle.

Jillian soupira en reposant le combiné du téléphone. Si sa vie était compliquée sur le plan personnel, elle avait carrément viré au drame dans le domaine professionnel. Il ne manquait pas moins de cinq cents bêtes à son cheptel. Aucun doute ne subsistait : elle était victime d'une bande de voleurs de bétail.

— Alors ? s'enquit Joe en se laissant choir dans un de ses fauteuils de bureau.

— J'ai tout essayé, mais rien à faire. Ils ne peuvent pas livrer l'avion avant la semaine prochaine… Cela dit, au point où on en est, cela ne changerait plus grand-chose. Les voleurs ont eu le temps d'emmener nos bêtes jusqu'au-delà des frontières du Wyoming.

Joe étudia le rebord de son Stetson impeccable.

— Tu crois qu'ils sont allés aussi loin ?

— C'est ce que je ferais à leur place, en tout cas. Un troupeau de cinq cents bêtes, ça ne passe quand même pas inaperçu. Le shérif fait ce qu'il peut, mais ils ont pris de l'avance sur nous, Joe… Et je ne peux strictement rien faire à part attendre, conclut-elle en serrant les poings, effarée par la conscience de son impuissance.

Sourcils froncés, Joe fit tourner son chapeau entre ses doigts.

— Si tu veux mon avis, le moyen le plus simple de dissimuler cinq cents bêtes, c'est de les disperser au milieu d'un cheptel qui comporte quelques milliers de têtes, Jillian.

— Précise ta pensée, ordonna-t-elle froidement.

Joe se leva. Même après six mois passés à Utopia, il avait gardé l'allure et la façon de raisonner du monde des affaires d'où il venait.

— Objectivement, tu ne peux pas faire mine d'ignorer que la clôture a été sectionnée sur notre limite ouest. Et que ce pâturage mène directement au ranch des Murdock.

— Je sais où mène le pâturage, Joe. Et je sais également que je ne peux pas me fonder sur quelques fils coupés pour accuser mes voisins de vol de bétail.

Joe haussa les épaules.

— D'accord. N'en parlons plus.

Le fait qu'il renonce à insister exacerba encore la mauvaise humeur de Jillian. Et ranima ses doutes de surcroît.

— Enfin, Joe, réfléchis ! Leur ranch est presque deux fois plus important que le mien ! Aaron n'a pas besoin de me voler mon bétail pour vivre.

— Pas pour vivre, non. Mais il pourrait avoir d'autres raisons, plus subtiles. Avec un demi-millier de bêtes en moins, ton profit, cette année, se réduira à pas grand-chose. Imagine qu'il en disparaisse encore cent ou deux cents de plus… Tu serais obligée de vendre une partie de tes terres pour t'en sortir.

Jillian ferma un instant les yeux. Les soupçons exprimés à mots couverts par Joe lui avaient déjà traversé l'esprit. Et elle s'était haïe de remuer des pensées aussi sordides.

— Si Aaron Murdock voulait acheter mes terres, il me l'aurait demandé, Joe.

— Et tu l'aurais envoyé bouler en lui disant de repasser dans deux siècles. Aaron Murdock est un homme ambitieux. Rien ne prouve qu'il veuille se contenter de ce que son père lui a laissé.

Tous ces arguments étaient irréfutables. Et pourtant…

— Laisse l'enquête au shérif, Joe. C'est son boulot.

Le visage de son responsable des troupeaux se crispa.

— C'est vrai. Et je devrais retourner m'occuper du mien.

Découragée et indécise, Jillian se passa la main dans les cheveux.

— Je suis désolée, Joe. Je sais que tu te bats pour Utopia.

— Et pour toi aussi, accessoirement.

— J'apprécie. Vraiment. Mais j'ai besoin d'y voir un peu plus clair avant d'agir. Je me donne encore un peu de temps.

Joe coiffa son chapeau et rabattit le bord sur ses yeux.

— Je comprends. Mais si tu as besoin d'aide, sache que tu peux compter sur moi.

— Merci, Joe. Je ne l'oublierai pas.

Restée seule, Jillian se laissa tomber dans son fauteuil et enfouit le visage dans ses mains. Si seulement elle avait eu le droit de céder à la panique ! D'éclater en sanglots, comme une petite fille, et de s'en remettre à quelque autorité compétente pour affronter la situation à sa place. Mais les terres d'Utopia lui appartenaient à elle seule. Et il n'y avait personne pour prendre la relève.

D'un geste las, elle prit les gants en cuir qu'elle

avait laissés sur le bureau et se dirigea vers la porte. La vie continuait à Utopia et le travail n'attendait pas. Même si on la délestait de ses dernières bêtes, il lui resterait toujours ses terres. Et la détermination nécessaire pour se reconstruire.

En sortant sous la véranda, elle vit Karen Murdock se garer dans la cour. Après une légère hésitation, Jillian se porta à sa rencontre.

— Je passais vous dire un petit bonjour, Jillian. J'espère que je ne vous dérange pas ?

L'élégance naturelle de la mère d'Aaron avait quelque chose d'irrésistible. Jillian sourit.

— Pas du tout. Je vous offre un café ?

— Avec grand plaisir.

Karen suivit Jillian jusqu'à la cuisine.

— Il y a une éternité que je n'étais pas revenue par ici. Dans le temps, nous nous voyions régulièrement, votre grand-mère et moi, admit-elle avec l'ombre d'un sourire. Clay et Paul faisaient semblant de ne se rendre compte de rien, mais ils n'étaient pas dupes… Que pensez-vous des vieilles querelles entre familles rivales, vous ?

Jillian versa deux doses de café dans le filtre.

— Si vous m'aviez posé la question il y a deux semaines, j'aurais montré les dents. Mais j'avoue que mon opinion sur la question a pas mal évolué ces derniers temps.

Karen prit place à la table de la cuisine.

— Vous m'en voyez ravie, Jillian. Je sais que Paul

a eu quelques paroles indélicates, l'autre fois. Mais mettre les autres en fureur a toujours fait partie de ses péchés mignons. Il a la provocation dans le sang.

Tournant la tête par-dessus l'épaule, Jillian lui jeta un regard amusé.

— Je crois qu'il ressemble beaucoup plus à mon grand-père que je ne me l'étais imaginé.

— Paul et Clay étaient bâtis sur le même modèle. C'étaient des monuments, des forces de la nature. Et on n'en fait plus beaucoup, des comme eux... J'ai entendu parler de vos pertes en bétail, Jillian. Si nous pouvons vous aider en quoi que ce soit...

Les mâchoires crispées par la tension, Jillian se concentra sur la cafetière.

— Le shérif fait ce qu'il peut, murmura-t-elle.

— Aaron m'a parlé de la clôture coupée, poursuivit Karen après une légère hésitation. Même s'il a évité d'en informer son père.

— La brèche dans la clôture est un détail sans importance, madame Murdock. Je sais que votre fils n'a rien à voir dans cette histoire.

Karen hocha la tête.

— Aaron se fait du souci pour vous.

Jillian sortit deux tasses et les posa sur la table.

— Il n'a pas à s'inquiéter. C'est mon problème.

— Vous refusez délibérément tout soutien, Jillian ?

Avec un léger soupir, elle prit place en face de la mère d'Aaron.

— Tenir un ranch reste un challenge pour une

femme, madame Murdock. Et je dois me montrer deux fois plus forte qu'un homme si je veux réussir à m'imposer dans cet univers. Aucune faiblesse ne m'est permise.

— Jillian… Il n'y a personne dans cette pièce à qui vous ayez quoi que ce soit à prouver, murmura Karen.

Levant les yeux, Jillian vit une telle sollicitude dans le regard de la mère d'Aaron qu'elle relâcha le contrôle qu'elle maintenait sur elle-même.

— Je suis malade de peur, admit-elle. J'ai pris des gros risques financiers cette année parce que j'espérais me rattraper avec le chiffre d'affaires de cet été. Mais *cinq cents têtes* en moins… Il me faudra du temps pour m'en remettre.

Karen posa la main sur la sienne.

— Il se peut encore qu'on retrouve le bétail disparu.

— Les chances sont infimes, désormais. Mais je n'ai pas le droit de m'effondrer, chuchota Jillian en serrant les poings. Clay m'a laissé son héritage. J'ai le devoir de le faire fructifier.

— Pour toi ou pour ton grand-père, Jillian ? s'enquit doucement Karen.

— Pour les deux. Je suis redevable à Clay de ses terres. Et du savoir-faire qu'il m'a transmis.

Karen secoua la tête.

— Attention de ne pas te laisser dévorer.

— Utopia est tout ce que je possède, murmura-t-elle dans un souffle. Je n'ai strictement rien d'autre.

— Je vais te dire une chose, Jillian : même si tu devais perdre jusqu'à ton dernier mètre carré de terre, tu trouverais le moyen de repartir sur de nouvelles bases. Tu es comme Aaron. Tu as cette énergie en toi.

— Aaron avait d'autres choix possibles, lui, lâcha Jillian en se levant pour les resservir.

Karen la regarda un instant en silence.

— Tu penses au pétrole et à Billings, n'est-ce pas ? Aaron l'a fait pour son père… et pour moi. J'espère ne jamais avoir à lui redemander un sacrifice aussi cruel.

— Je ne comprends pas, murmura Jillian, le souffle soudain suspendu.

— Paul avait fait une promesse à Aaron alors qu'il n'était encore qu'un tout petit garçon : le Double M serait pour lui dès qu'il l'aurait mérité. Or, pour avoir mérité son ranch, Aaron l'a mérité, admit Karen avec un profond soupir. Je crois que tu peux comprendre ce que ce genre de transmission signifie.

Jillian hocha la tête et attendit le reste du récit en silence.

— Lorsque Aaron a terminé ses études, son père n'était pas encore prêt à lui céder les rênes.

» Ça a été orageux quelque temps, puis ils ont passé un nouveau contrat. Aaron acceptait de travailler au ranch en se pliant aux méthodes de Paul pendant trois ans. Au terme de cette période d'essai, Aaron devait prendre la direction du Double M. Avec les pleins pouvoirs.

— J'imagine que ça ne doit jamais être facile pour un éleveur de lâcher ce qu'il a passé une vie entière à construire, concéda Jillian.

Karen secoua la tête.

— J'aime profondément mon mari, Jillian. Mais en l'occurrence Paul avait tort. L'heure était venue pour lui de laisser la place. Et peut-être l'aurait-il fait s'il n'avait pas senti en lui la menace de... Mais peu importe ses raisons, se reprit-elle. Paul n'a pas tenu ses promesses et Aaron et lui se sont écharpés verbalement comme seuls deux hommes de caractère peuvent le faire. Sitôt calmé, Aaron m'a annoncé son intention de monter son propre ranch dans le Wyoming. Même s'il était très attaché au Double M, je sais qu'il rêvait depuis longtemps de créer quelque chose à lui.

— Mais il ne l'a pas fait.

Karen plongea son regard dans le sien.

— Non. Car je l'ai supplié d'y renoncer. Nous venions d'apprendre que Paul n'avait plus, au maximum, que deux années à vivre. Mon mari était furieux d'avoir à s'incliner devant la maladie. Paul est un homme d'une immense fierté, Jillian. Et jusque-là, aucun obstacle ne lui avait résisté.

Jillian songea au regard d'aigle du vieil homme. A son profil hautain.

— Je suis désolée, Karen.

— Paul m'a interdit de parler de son cancer à qui que ce soit. Pas même à notre fils. Or, je peux compter sur les doigts de la main le nombre de fois où je me suis opposée à la volonté de mon mari, murmura Karen en scrutant le fond de sa tasse.

Observant le beau visage serein, Jillian comprit que si cette femme avait paru s'incliner devant son mari pendant des années, ce n'était pas par faiblesse. Mais, au contraire, parce qu'elle avait une force intérieure peu commune.

— Je savais que si Aaron partait en rompant les ponts, Paul cesserait de lutter et qu'il laisserait le cancer prendre le dessus. Je savais également qu'Aaron ne se le pardonnerait pas, s'il apprenait par la suite que sa décision avait précipité son père dans la tombe. Alors j'ai révélé la vérité à mon fils et je lui ai demandé de renoncer à son rêve. Il est donc parti pour Billings. Et même s'il est persuadé qu'il l'a fait pour moi, je sais que c'est pour Paul qu'il a mis ses propres projets entre parenthèses. Ses médecins ne partageraient peut-être pas mon avis, mais je suis persuadée qu'Aaron a fait don de cinq années de vie à son père.

La gorge nouée, Jillian se détourna.

— Je lui ai dit des choses affreuses, Karen.

— Tu n'es sûrement pas la première. Aaron était conscient qu'aux yeux du monde il aurait l'air d'un faible. Mais il ne s'est jamais préoccupé de ce que pensaient les gens.

— Je ne peux même pas lui présenter mes excuses. Il serait furieux, si je lui dis que je sais.

— Tu le connais bien.

— Non, justement, protesta Jillian avec une soudaine exaltation. Je ne le connais pas ; je ne le comprends pas et…

Elle se tut abruptement, sidérée d'avoir laissé transparaître son désarroi devant la propre mère d'Aaron.

— Je suis peut-être sa mère, Jillian. Mais je suis également une femme. Une femme capable de comprendre que l'on puisse hésiter face à un engagement amoureux qui promet d'être compliqué. J'avais à peine vingt ans lorsque j'ai rencontré Paul. Et lui avait passé la quarantaine. Ses amis pensaient qu'il était devenu fou et que la « jeunette » en voulait à son argent…

Avec un léger sourire, Karen se leva pour placer la main sur son épaule.

— Quoi qu'il en soit, je ne suis pas venue ici pour te donner des conseils sur ce qui se passe entre Aaron et toi mais pour t'offrir mon amitié… si tu veux bien l'accepter.

Jillian examina ses traits en silence — la beauté intemporelle, la grâce, le mélange de force et de douceur.

— Je l'accepte volontiers. Merci de votre générosité, Karen.

Karen lui effleura la joue.

— Générosité ? Je suis très égocentrique, au contraire. Cela fait trente ans que je vis dans un monde d'hommes. Et c'est si bon de parler à une femme de temps en temps…

Aaron arpentait la véranda devant chez lui en regardant la lune se lever. La nuit était calme, silencieuse, et portait déjà en germe les odeurs de l'été. Sa bière à la main, il but distraitement une gorgée. Combien de temps comptait-elle encore le faire attendre comme ça ? Une semaine déjà s'était écoulée depuis qu'ils avaient fait l'amour au bord de l'étang. Et chaque soir en rentrant chez lui, il se heurtait à un vide dont il n'avait jamais souffert jusque-là.

Toute sa vie, il s'était cru imperméable à l'opinion d'autrui. Découvrir une forme de vulnérabilité en lui avait été un choc. Jillian était sans doute la première femme qui avait le pouvoir de le blesser. Et elle ne l'avait guère ménagé.

Ce qui ne l'empêchait pas de continuer à la désirer comme un fou. Aurait-il un fond masochiste caché ? Il avait envie qu'elle lui fasse confiance, en plus. Qu'elle s'ouvre à lui de ses problèmes. Pour qu'il puisse la soutenir et l'aider. Alors qu'il n'avait jamais ressenti le besoin de s'impliquer dans la vie de qui que ce soit jusqu'ici.

Serrant les poings, il pesta contre le monde en général et les femmes en particulier. Puisque Jillian s'obstinait à ne pas venir à lui, il était peut-être temps qu'il prenne l'initiative de son côté. Que cela lui plaise ou non, il allait…

Aaron avait déjà le pied sur la première marche lorsqu'il vit deux phares se dessiner dans la nuit. Une tension s'installa dans ses épaules et dans les muscles de son ventre. Il posa sa bière sur la rampe et regarda Jillian se garer devant chez lui, sans dire un mot.

Les jambes tremblantes, Jillian descendit de la Jeep. Pour une femme qui refusait toute forme de faiblesse par principe, elle se sentait singulièrement tourmentée. Elle avait compté sur le trajet pour calmer son anxiété. Mais celle-ci n'avait fait que croître à mesure qu'elle approchait du but.

Menton levé, elle soutint le regard fixe d'Aaron et grimpa les marches de bois qui menaient à la galerie.

— Je commets une erreur en venant ici, déclara-t-elle en s'immobilisant en haut de l'escalier.

En appui contre un pilier, il continua à lui opposer un visage imperturbable.

— Tu crois ?

— Ma vie est déjà assez chaotique en ce moment. Je n'ai pas besoin de complications supplémentaires.

Aaron scruta ses traits en silence.

— Tu as mis un sacré bout de temps pour arriver ici, Jillian.

— Je ne serais pas venue si j'avais pu m'en empêcher.

Les nœuds de tension dans les muscles d'Aaron

se relâchèrent. Il ne s'était certainement pas attendu à un pareil aveu de sa part.

— Maintenant que tu es là, tu pourrais peut-être te rapprocher un peu…

Ainsi, il n'avait pas l'intention de lui faciliter la tâche. Rassemblant son courage, Jillian se planta devant lui — si près que leurs corps se touchaient presque.

— Ça ira comme ça ?

Il sourit.

— Pas tout à fait encore.

Nouant les doigts derrière sa nuque, Jillian effleura ses lèvres des siennes.

— Et là ?

— Encore plus.

Enfin, il s'autorisa à la toucher. Glissant un bras possessif autour de sa taille, il l'amena contre lui.

— Mille fois plus près encore, Jillian.

Les yeux brillants, elle ajusta son corps au sien.

— Plus près et nous tombons dans l'attentat à la pudeur.

De la pointe de la langue, il suivit le tracé de sa lèvre inférieure.

— Je payerai la caution si nous finissons au poste.

— Tais-toi, Murdock, murmura-t-elle juste avant de l'embrasser à pleine bouche.

Tout le désir accumulé pendant une semaine jaillit entre eux avec la violence d'une source trop longtemps contenue. Se penchant pour passer une main sous ses genoux, Aaron la souleva dans ses bras.

— Aaron…

Sa protestation fut étouffée par un baiser échevelé tandis qu'il franchissait la porte d'entrée. Elle ne put s'empêcher de rire.

— Aaron, pose-moi. Je peux marcher.

— Tu ne peux pas marcher puisque je te porte, observa-t-il en attaquant l'escalier.

— C'est ta façon d'exprimer ta domination masculine ?

Elle lui adressa le plus innocent des sourires en réponse à son regard mauvais.

— C'est ma façon d'être romantique, Jillian. Lorsque je veux exprimer mes instincts macho, je m'y prends de la manière suivante, enchaîna-t-il en la faisant basculer sur son épaule comme un vulgaire sac de son.

Après le choc initial, Jillian dut admettre qu'elle l'avait cherché.

— D'accord, un point pour toi, commenta-t-elle, tête en bas. Je voulais juste dire que je ne cherchais ni domination ni idylle.

Aaron haussa les sourcils en pénétrant dans la chambre. Sous le ton léger, presque joueur, il avait perçu la gravité à peine masquée. Il la laissa descendre lentement contre lui.

— Tu n'aimes pas les idylles, Jillian ?

— Disons que ce n'est pas ce à quoi j'aspire,

chuchota-t-elle, les yeux brûlant de désir, en cherchant ses lèvres.

Mais il la retint par les poignets.

— Tant pis pour toi. Il faudra que tu fasses avec... Tu penses qu'une relation purement physique est moins dangereuse ? s'enquit-il négligemment en lui mordillant l'oreille.

— Je crois que toute relation avec toi est dangereuse par définition.

Le souffle de Jillian se suspendit un instant lorsque la langue d'Aaron glissa le long de son cou — chaude, humide, furieusement sensuelle.

— Tu es si étonnamment douce, par endroits, murmura-t-il en laissant courir ses lèvres sur sa peau. Tout ce qu'on voit d'abord chez toi, c'est ton menton insolent et ton regard brillant de défi. Tu es remontée comme une pile, dure à la tâche et capable de passer des journées entières à attraper des veaux à mains nues. Qui se douterait que sous l'accoutrement du cow-boy tu caches une ossature fragile et une peau délicate comme la soie ?

Jillian voulut protester mais elle avait perdu l'énergie nécessaire. Aaron sourit. C'était exactement ainsi qu'il la voulait pour lui : abandonnée, fondante, comme égarée par le plaisir. Il l'aimait désirante, effrénée et active. Mais il était bon, ne serait-ce qu'un instant, de la sentir faible et alanguie dans son étreinte.

Il avait l'intention de prendre tout son temps avec

elle, ce soir. Sans hâte aucune, il la fit reculer jusqu'au lit et s'asseoir sur le bord du matelas. Un rayon de lune éclairait ses yeux déjà troublés et il entendait le va-et-vient irrégulier de son souffle.

Il laissa descendre un doigt caressant depuis sa joue jusqu'à ses seins et défit le premier bouton de sa chemise. Puis le deuxième. Au troisième, il laissa glisser la main le long de ses flancs jusqu'à ses cuisses. Puis il coinça une de ses jambes entre ses genoux et lui retira ses bottes une à une.

— A toi maintenant.

Satisfaite de retrouver l'initiative, Jillian s'exécuta avec un sourire luisant de défi sensuel. Si elle avait finalement décidé d'aller trouver Aaron, c'était pour vivre avec lui une expérience d'égal à égal. Elle ne voulait pas de promesses doucement murmurées, pas de mots tendres uniquement destinés à séduire. Pour ne pas tomber amoureuse, avait-elle raisonné, il lui suffirait de rester attentive aux demandes de son corps et de réduire son cœur au silence.

Dès l'instant où sa seconde botte toucha le sol, Aaron l'attrapa par la taille avec toute la délicatesse d'un joueur de rugby plaquant l'adversaire et la fit tomber en arrière sur le lit. En éclatant de rire, Jillian noua les bras autour de son cou.

— Tu passes ton temps à balancer les femmes par terre, Murdock. Drôle d'habitude, non ?

— J'ai ce menu défaut, en effet… J'aime bien ta

bouche, commenta-t-il en la lui mordillant. Elle fait partie de tes zones de douceur secrète.

Il continua à lui téter la lèvre inférieure, sans fièvre aucune, jusqu'à ce qu'elle s'alanguisse de nouveau. Jillian tenta de lutter contre la torpeur dangereuse qui s'emparait d'elle. Elle était venue chercher la frénésie et le tourbillon, la brûlure et l'extase. Pas la douceur insidieuse et encore moins la tendresse ou l'abandon. Et pourtant…

Les sensations que lui procurait Aaron semblaient combler des aspirations enfouies dont elle avait à peine soupçonné l'existence. Les tensions et les angoisses des derniers jours se relâchaient peu à peu sous l'effet de ses caresses. Comme si, pour la première fois de sa vie, elle était aimée, choyée, dorlotée. Et même si Jillian savait qu'il s'agissait d'une illusion, elle n'avait aucune envie de la voir se dissiper.

Elle frotta sa joue contre celle, râpeuse, d'Aaron. Ses mains glissaient sur son corps avec une légèreté délicieuse. Avec un petit soupir, Jillian s'attaqua aux boutons de sa chemise pour sentir la nudité de sa peau contre la sienne. Tandis qu'elle modelait sous ses doigts les muscles durs de son torse, elle songea qu'elle n'avait eu que des bribes d'impressions la première fois où ils avaient fait l'amour. Tout s'était passé dans l'urgence et la faim exacerbée. Ils s'étaient emparés l'un de l'autre avec une fureur possessive qui n'avait pas laissé place à l'exploration et à la découverte.

Mais aujourd'hui… aujourd'hui, elle perdait la tête, car la bouche d'Aaron semblait être partout à la fois. Et elle ne savait plus où se situaient les frontières entre l'ici et l'ailleurs, le masculin en elle, le féminin en lui.

Jamais Aaron n'avait imaginé qu'il pourrait éprouver une telle jouissance à donner du plaisir. Chaque ligne du corps de Jillian l'éblouissait, chaque centimètre carré de sa peau le rendait fou. Son désir exacerbé frisait la torture. Et pourtant il continuait à différer le moment où il plongerait dans sa chair offerte pour s'y perdre.

Ce n'est que lorsque la langueur de Jillian devint frénésie qu'il accéléra le rythme de ses caresses. A deux reprises, il l'amena au bord de la jouissance, mais sans jamais la laisser atteindre le pic par-delà lequel tout bascule.

Jillian s'arc-bouta sous lui, le regard aveugle, si consentante qu'elle était prête à tout donner, jusqu'à la dernière parcelle de son être.

— Aaron…

Il pesa sur elle de tout son poids.

— Dis-moi que tu me désires cette fois, lui ordonna-t-il dans un souffle.

Tête renversée, elle noua les jambes à ses hanches.

— Oui, je te veux. Maintenant.

Un éclair cisailla ses iris sombres.

— Pas seulement maintenant.

D'un seul mouvement de reins, il s'immergea en elle. Et le fil de la réalité se rompit.

Chapitre 8

Lorsque Aaron revint à lui, il avait le visage enfoui dans les cheveux de Jillian. Leur odeur lui emplissait les narines, fraîche comme les fleurs sauvages dont sa mère faisait de grands bouquets au printemps.

Elle était si silencieuse et immobile sous lui qu'il crut qu'elle s'était endormie. Mais lorsqu'il se souleva sur un coude pour la regarder, il vit qu'elle avait les yeux grands ouverts dans le noir. Il pressa ses lèvres sur sa joue, puis effleura les cernes qui lui avaient sauté aux yeux lorsqu'elle s'était avancée vers lui sur la galerie.

— Tu ne dors pas assez, commenta-t-il, sourcils froncés.

Après leurs ébats passionnés, Jillian s'était attendue à peu près à tout, sauf à ce commentaire préoccupé sur sa santé. Elle ne put s'empêcher de rire.

— Je me porte comme un charme, Murdock.

Il lui prit le menton dans la main.

— Faux. Tu es fatiguée. Soucieuse.

Elle scruta le visage au regard intense penché sur le sien. Il aurait été si simple, dans ce moment d'intimité après l'amour, de partager avec lui ses doutes, ses peurs et ses angoisses, comme elle l'avait fait avec Karen le matin même. Mais confesser ses faiblesses à une femme était une chose. Admettre devant un homme et un rival qu'elle se sentait au bord de la panique pouvait être beaucoup plus risqué.

— Aaron, je ne suis pas venue ici pour…

— Je sais pourquoi tu es venue ici : parce que tu ne pouvais pas t'en empêcher. Mais maintenant que tu es dans mon lit, il faudra accepter le reste avec.

Elle tenta de rassembler sa dignité.

— Et de quel « reste » veux-tu parler, s'il te plaît ?

Une lueur amusée scintilla dans les yeux d'Aaron.

— Tu me fais penser à ma prof de math de sixième lorsque tu prends cet air sévère.

— Le regard sévère est l'une des rares facultés que je tienne de ma mère. Mais tu n'as pas répondu à ma question.

— Je suis dingue de toi.

La stupéfaction de Jillian était manifeste. Et sa surprise tirait plutôt du côté de la consternation que de l'émerveillement. Aaron jugea plus prudent de revenir à une certaine légèreté.

— J'imagine que c'est ton caractère infernal qui m'a fait succomber. Mais indépendamment de ce qui se passe entre nous, j'ai l'intention de te donner un coup de main, Jillian.

— Il n'y a pas grand-chose que tu puisses faire.

Au lieu de répondre tout de suite, il s'adossa au montant de bois sculpté de son lit et l'attira contre lui. Après une légère résistance, elle s'abandonna dans son étreinte.

— Où en est l'enquête ? demanda-t-il en enfouissant les lèvres dans ses cheveux. Ça progresse ?

— Je n'ai pas à t'impliquer dans mes problèmes, Aaron. Ce n'est pas juste pour toi.

— Impliqué, je le suis déjà, dans la mesure où il y a eu ce fil de clôture sectionné.

Sensible à son argument, Jillian hocha la tête.

— Nous avons effectué un dénombrement complet du cheptel et il nous manque cinq cents têtes. Par mesure de précaution, nous avons marqué immédiatement tous les veaux restants.

— Et le shérif a des pistes ?

Elle haussa les épaules.

— Il n'a pas encore réussi à déterminer par où les bêtes avaient été emportées. S'il y a eu d'autres clôtures endommagées, tout a été réparé avec beaucoup de soin après le passage des voleurs. Le shérif pense que les animaux manquants n'ont pas tous été sortis d'un coup mais par petits groupes successifs, prélevés ici et là.

— C'est bizarre qu'ils aient laissé un fil coupé en évidence.

— Ils n'ont peut-être pas eu le temps de le remettre en place.

— Ou ils l'ont fait à dessein pour détourner l'attention sur moi pendant qu'ils terminaient tranquillement leur boulot.

— C'est bien possible.

Jillian appuya — brièvement — la tête contre son épaule.

— Je suis désolée, Aaron, chuchota-t-elle. Je ne pensais pas ce que je t'ai dit au sujet de ton père.

— Oublie ça, va.

Elle leva les yeux.

— Je ne peux pas.

Il l'embrassa avec rudesse.

— Quand on veut, on peut… Et demain matin, nous survolons ton ranch en avion. Je n'ai rien contre le shérif ni contre ses méthodes. Mais tu connais Utopia mieux que lui.

Jillian lui jeta un regard désemparé.

— J'apprécie ton geste. Honnêtement. Mais je ne veux pas me sentir en dette envers toi. Je ne sais pas comment t'expliquer, mais…

— Alors n'explique rien, trancha-t-il en lui renversant la tête en arrière de manière à plonger son regard dans le sien. Je ne suis pas toujours ouvert à la discussion, Jillian. Tu pourras te battre avec moi et parfois même l'emporter. Mais il y aura des moments où tu ne pourras pas m'arrêter.

Les yeux verts étincelèrent.

— Pourquoi la provocation au combat, alors que je faisais de louables efforts pour me montrer reconnaissante ?

D'un seul mouvement, il la fit rouler avec lui en travers du lit.

— Parce que tu es infiniment plus dangereuse lorsque tu es douce... Tu restes dormir ici cette nuit.

— Il est hors de question que je...

Aaron lui imposa silence avec un baiser si passionné qu'il la laissa sans voix.

— Tu restes, j'ai dit.

Et il la prit avec une frénésie qui frisait le désarroi.

Entendre les oiseaux à son réveil faisait partie des charmes de l'été pour Jillian. Le reste de l'année, elle se levait si tôt que la nuit était encore sombre et silencieuse lorsqu'elle s'arrachait de la tiédeur des draps. Pendant quelques secondes, elle s'offrit le luxe de rester les yeux clos, à écouter les sons du matin. Puis elle s'étira, roula sur le côté et découvrit où elle était.

La chambre d'Aaron.

Pour la première fois, elle avait dormi avec un homme. Connu l'intimité d'un sommeil commun. Comment avait-elle pu avoir la faiblesse de croire qu'elle parviendrait à vivre une histoire avec Aaron sans prendre de risques ? A s'impliquer physiquement tout en gardant son cœur au sec ?

Ce qui ne signifiait pas pour autant qu'elle était amoureuse, bien sûr. Il était techniquement impossible de s'éprendre de quelqu'un en si peu de temps. Tournant les yeux vers la fenêtre grande ouverte, elle vit que le soleil, déjà haut, entrait à flots. Mais quelle heure était-il donc pour que la lumière soit déjà si forte ?

Furieuse contre elle-même, Jillian s'assit dans le lit juste au moment où Aaron entrait avec deux tasses de café sur un plateau.

— Déjà levée ? Dommage. Je me faisais une fête de te réveiller à ma manière.

D'un geste vif, elle repoussa la masse de boucles rousses qui tombaient en désordre sur son front.

— Il faut que je rentre à Utopia. Je devrais déjà être au travail.

Aaron la retint fermement par l'épaule.

— Je ne connais pas d'éleveur au monde qui ne puisse se permettre de déserter son ranch un jour ou deux. Tu as déjà l'air un peu plus reposée. C'est un début… Bois ton café, maintenant.

Elle voulut protester mais l'odeur du précieux breuvage était trop tentante.

— Quelle heure est-il ? s'enquit-elle entre deux gorgées.

— 9 heures passées.

Les yeux écarquillés par l'horreur, elle repoussa les couvertures.

— Il faut que je rentre.

De nouveau, il la maintint plaquée contre ses oreillers.

— D'abord, ton café. Après, un petit déjeuner. Et on verra ensuite.

— Arrête de me traiter comme si j'avais six ans !

Il baissa les yeux sur ses seins.

— Je pourrais être tenté de te traiter en femme.

— Arrête de chercher à me mater, Murdock, ordonna-t-elle en riant. Et laisse-moi filer. J'apprécie le café, mais je ne peux pas me permettre de paresser au lit jusqu'à midi.

— Je suis sûr que cela fait des mois que tu n'as pas dormi huit heures d'affilée. Je t'aurais accordé plus de sommeil cette nuit si tu ne m'avais pas... assailli à plusieurs reprises.

Jillian haussa les sourcils.

— Assailli ?

Ainsi, même après la nuit qu'ils venaient de passer, elle avait encore besoin d'être rassurée sur le fait qu'il la trouvait désirable ? Hallucinant.

Il se pencha pour lui embrasser le front.

— Si tu veux abuser encore une fois de moi, ce matin, je suis ton serviteur.

Jillian laissa échapper une brève expiration tremblante.

— Je crois que je vais t'épargner pour le moment, Murdock. Tu as un ranch, des clôtures et du bétail qui t'attendent, non ?

« J'ai une femme à protéger, surtout », fut la réponse qui se présenta à l'esprit d'Aaron. Mais compte tenu de la personnalité de la demoiselle, il jugea plus avisé de garder cette pensée pour lui.

— Quel rabat-joie tu fais, Jillian ! Allez, file sous

la douche pendant que je prépare le petit déjeuner. Ensuite, nous survolerons Utopia en avion.

— Aaron, rien ne t'oblige à perdre un temps précieux à cause de…

Il s'immobilisa.

— Pour une femme intelligente, tu es parfois singulièrement lente à saisir les choses les plus simples, Jillian. Le vol de bétail est une affaire grave qui concerne tous les ranchers alentour. S'aider entre éleveurs est une question de solidarité.

Consciente qu'elle l'avait offensé sans le vouloir, Jillian hocha la tête.

— Je vais faire un saut pour prévenir Gil Haley, alors.

— C'est inutile. J'ai déjà envoyé quelqu'un pour l'avertir que tu étais ici.

Jillian en bafouilla d'étonnement.

— Tu as envoyé dire à *Gil* que j'étais ici avec toi, ce matin ? Tu as songé aux conclusions qu'il pourrait en tirer ?

De distant, le regard sombre rivé sur elle se fit glacial.

— Désolé. L'idée que l'on puisse penser que tu as passé la nuit avec moi t'est insupportable, apparemment.

Lorsqu'il sortit de la chambre à grands pas, le premier réflexe de Jillian fut de s'élancer à sa suite pour s'expliquer. Mais, parvenue à la porte, elle s'immobilisa net. Qu'allait-elle dire à Aaron ? Qu'elle n'avait pas honte, comme il le croyait, mais qu'elle était profondément troublée par leur histoire ? Intimidée par l'intensité inattendue de ses sentiments pour lui ?

Le feu aux joues, elle fit demi-tour et se replia dans la salle de bains. Tout compte fait, il serait plus sage de rester sur un malentendu plutôt que de prendre le risque de s'emberlificoter dans des explications compromettantes…

Aaron l'aurait volontiers étranglée. Ouvrant la porte de la cuisine à la volée, il jeta une tranche de bacon dans la poêle brûlante.

— Et maintenant tu te calmes, s'ordonna-t-il à voix haute.

Entre Jillian et lui, il n'avait été question que de vivre quelques moments de plaisir partagé, après tout. Si ses sentiments à lui avaient pris des proportions insoupçonnées, il ne pouvait s'en prendre qu'à lui-même.

Qu'avait-il à se montrer aussi possessif avec cette fille ? Elle lui avait un peu tourné la tête, d'accord. Mais la situation n'avait rien d'irréversible. S'il l'avait dans la peau en ce moment, c'est parce que leur entente physique était parfaite. Mais de là à penser qu'il était prêt à s'engager dans quelque chose de durable…

Non. Jamais de la vie. De fait, il aurait gardé ses distances, si Jillian ne s'était pas débattue dans ses problèmes de vol de bétail. Son principal souci était de l'aider à traverser une mauvaise passe. Comme il l'aurait fait pour n'importe quel voisin en difficulté.

Rassuré sur l'état de ses sentiments, Aaron sifflota en retournant la tranche de bacon. Le cœur tranquille, il leva les yeux en entendant Jillian pénétrer dans la pièce. Les cheveux mouillés, la peau vierge de tout maquillage, elle était si belle, si saine, si tentante, si…

Horreur et consternation. Il était bel et bien amoureux d'elle. Comment allait-il se sortir de ce traquenard ?

Jillian s'immobilisa net à l'entrée de la pièce. Pourquoi la regardait-il aussi fixement que s'il avait affaire à une apparition ?

— Quelque chose ne va pas, Aaron ?

Il secoua la tête, comme pour chasser une vision tenace.

— Non, tout va bien… Tu aimes tes œufs comment ?

— Brouillés, de préférence.

Surmontant une appréhension paralysante, Jillian s'avança vers Aaron. Elle s'était heurtée à tant de rejets dans sa vie qu'elle retenait, par principe, tout geste qui pouvait passer de près ou de loin pour une manifestation d'affection.

Il lui fallut une bonne dose de courage pour poser la main sur son épaule. Et lorsqu'elle le sentit se raidir à son contact, elle retira ses doigts comme s'il l'avait brûlée.

— Désolée pour tout à l'heure. Je ne suis pas très douée lorsqu'il s'agit d'accepter de l'aide, Aaron.

Il souleva ses œufs d'un vigoureux coup de spatule.

— J'avais remarqué, oui.

Elle cligna les yeux pour endiguer les larmes qui montaient stupidement.

— Merci pour tout, balbutia-t-elle.

Il fit glisser les œufs brouillés sur une assiette.

— C'est bon. Il n'y a pas de quoi en faire un plat.

Il avait le ton rogue et l'œil mauvais. Blessée au vif, Jillian se détourna. Qu'avait-elle espéré, d'ailleurs ? Elle n'avait jamais été le genre de personne à inspirer de la tendresse.

— Tu ne manges pas, toi ? s'enquit-elle d'un ton détaché.

— C'est déjà fait.

Lorsqu'il posa bruyamment son assiette sur la table, elle lui jeta un regard noir.

— Tu as l'air très occupé, Murdock. Pourquoi ne demandes-tu pas à un de tes hommes de m'emmener en avion à ta place ?

— J'ai dit que je m'en chargeais.

Elle haussa les épaules.

— Si ça t'amuse.

— Tu veux savoir ce qui m'amuse, Baron ?

La saisissant aux épaules, il la gratifia d'un baiser tellement échevelé qu'ils en restèrent haletants de désir et bouillonnants de rage l'un et l'autre.

Aaron enjamba une chaise et s'installa en face d'elle pendant qu'elle faisait un sort à son petit déjeuner.

— Tu sais que tu aurais déjà dû acheter un avion quelques années plus tôt ? observa-t-il, sachant qu'il la ferait bondir.

Comme prévu, le regard vert lança des éclairs.

— Ah, oui, tu crois ?

— Tout à fait. Seuls les idiots refusent de vivre avec leur temps.

— Tu as d'autres suggestions comme celle-ci à me faire, Murdock ?

— Plusieurs, en fait.

Elle repoussa son assiette.

— Tu veux savoir ce que tu peux en faire, de tes conseils ?

— Tu me raconteras ça plus tard. Nous avons déjà perdu assez de temps comme cela.

Jillian serra les dents et le suivit en silence. Elle savait déjà que l'avion d'Aaron serait une épreuve pour elle. Autant elle se sentait en confiance à cheval, en voiture ou à moto, autant elle détestait se retrouver suspendue entre ciel et terre dans un fragile oiseau en métal.

Aaron enfila un casque et des lunettes, et lui jeta un regard en coin.

— Tu n'as pas peur, au moins ?

— Pas du tout, répondit-elle, hautaine, en se forçant à se détendre.

Elle réussit à garder bonne figure, même lorsque

la boîte de conserve d'Aaron quitta la terre ferme dans un fracas de moteur assourdissant. De toute façon, il faudrait bien qu'elle s'habitue à cette torture puisque son propre avion arrivait la semaine suivante.

— Ce sont de petits modèles, observa Aaron en notant de discrets signes de nervosité chez sa passagère. Mais ils ont l'avantage d'être aisés à manœuvrer. On peut se poser quasiment n'importe où avec ces engins minuscules.

— Minuscule est le mot, oui, marmonna-t-elle.

— Regarde au-dessous de toi. Et tu verras que le monde est grand.

Jillian obéit pour une seule et unique raison : elle ne voulait surtout pas montrer qu'elle était malade de peur. Et le plus étonnant, c'est qu'en voyant le paysage se déployer sous eux elle oublia instantanément ses angoisses.

La terre était découpée en bandes ambre et brunes, si régulières qu'elles semblaient avoir été tracées à la règle. La rivière qui coulait dans leurs deux propriétés dessinait de jolis méandres bleus ; le bétail formait de petits groupes indolents et deux jeunes poulains gambadaient dans l'herbe verte d'un enclos. En les voyant au-dessus d'eux, deux hommes à cheval ôtèrent leur chapeau et leur firent signe en l'agitant. Aaron répondit à leur salut en inclinant une aile de l'avion.

Loin de s'en effrayer, Jillian se surprit à rire.

— C'est magnifique, Aaron ! Et tellement grand !

J'ai encore du mal à imaginer que ces immensités m'appartiennent.

— C'est un lien presque charnel qui nous relie à la terre, n'est-ce pas ? Je ne me lasse pas de la regarder, de la sentir, de la parcourir.

« Il l'aime autant que moi », comprit Jillian. Et il n'en avait pas moins accepté pendant cinq ans de vivre en exil à Billings. Chaque fois qu'elle pensait au sacrifice qu'il avait consenti, son admiration pour lui augmentait.

— La première fois que je suis venue à Utopia, à dix ans, j'ai pris discrètement une motte de terre et je l'ai rapportée chez moi en avion, lui confia-t-elle sur une impulsion.

Aaron lui jeta un regard en coin. Elle était si désarmante, par moments, qu'il en avait le souffle coupé.

— Et tu l'as gardée longtemps ?

— Jusqu'à ce que ma mère tombe dessus et qu'elle la jette à la poubelle.

— Ta mère ne comprenait rien à cet amour, je suppose.

Jillian émit un petit rire sans joie.

— Ma mère ? Elle ne comprenait rien à tout ce qui me concernait. Je crois que j'ai toujours été un mystère pour elle.

Aaron eut mal pour elle. Son père et lui avaient eu beau s'écharper, ils s'étaient toujours compris dans le fond. Le regard de Jillian s'assombrit tandis qu'elle parcourait les pâturages des yeux.

— Si seulement je savais ce que je cherche, murmura-t-elle.

— Y a-t-il un secteur de ton ranch qui a été plus touché que les autres ?

Elle hocha la tête.

— La partie nord, apparemment. Je n'en reviens pas d'avoir pu laisser passer une énormité pareille. Cinq cents bêtes détournées sous mon nez. Et je n'y ai vu que du feu.

— Tu n'es ni la première ni la dernière à qui ça arrive. Si tu voulais convoyer du bétail à partir de ton secteur nord, par où passerais-tu ?

— Si j'étais une voleuse de bétail, tu veux dire ? Je pense que je chargerais les bestiaux dans un camion et que je les emmènerais de l'autre côté de la frontière, dans le Wyoming.

Aaron hésita à lui soumettre l'hypothèse qui lui paraissait la plus plausible.

— As-tu songé que de la viande déjà découpée serait beaucoup plus facile à dissimuler que des animaux vivants ?

Jillian se mordit la lèvre. Elle y avait déjà pensé, bien sûr. Mais elle avait toujours refusé d'accepter une éventualité qui signerait la mort de ses derniers espoirs.

— C'est une possibilité, oui. Mais si c'était le cas, je continuerais à rechercher les coupables quand même. Ils méritent d'être jugés.

Aaron hocha la tête.

— Je suis de ton avis… Essayons d'examiner la situation du point de vue des voleurs. Les veaux ne valant pas grand-chose, à ce stade, il est probable qu'ils aient laissé les vaches et les petits en vie afin de continuer à les engraisser. A moins que ces types ne soient complètement stupides, bien sûr.

— S'ils étaient stupides, ils n'auraient pas réussi à voler mon bétail sous mon nez.

— Exact. Pour les bœufs, en revanche… La solution la plus simple consistait peut-être à trouver un endroit tranquille pour les abattre.

Rectifiant légèrement son cap, Aaron dirigea l'avion vers le nord.

— Peut-être même avaient-ils déjà négocié la viande à l'avance, observa Jillian, sourcils froncés. Et s'ils utilisaient une remorque ou un camion pour escamoter quelques sujets à la fois, il est possible qu'ils les aient emmenés dans un des canyons, au cœur des montagnes.

— Allons jeter un coup d'œil, proposa Aaron.

Pendant quelque temps, ils continuèrent à voler en silence. L'euphorie de Jillian était retombée, même si le paysage qui se déroulait sous eux avait encore gagné en grandeur tourmentée. La montagne n'était pas majestueuse comme ses sœurs situées plus à l'ouest, mais nue, solitaire et farouche. Seuls les coyotes et les chats sauvages menaient une existence farouche dans ces hauteurs désolées.

Aaron prit de l'altitude pour décrire un cercle autour

des pics hérissés que coupaient des canyons à fond plat. Quel meilleur endroit pour y cacher du bétail volé, en effet ? Lorsque Jillian vit le rassemblement de vautours, son cœur se souleva et le pressentiment d'une tragédie la prit à la gorge.

— Je vais me poser, annonça Aaron, les mâchoires crispées.

Jillian ne dit rien. Les poings serrés, elle le regarda manœuvrer. Un silence assourdissant tomba lorsque Aaron coupa les gaz.

— Tu veux attendre ici ?

— C'est mon bétail, répondit-elle simplement en sautant du biplace.

De la terre dure et sèche montait une odeur métallique, très différente des senteurs végétales qui émanaient des pâturages. Un vautour s'éleva dans un froissement d'ailes et, lugubre spectateur, alla se poser sur une corniche au-dessus d'eux.

— Avec quatre roues motrices, rien de plus simple que de passer par la brèche dans la montagne pour venir jusque-là, observa Jillian en rabattant son chapeau sur ses yeux pour se protéger du féroce éclat du soleil.

Le canyon était étroit et formait une enclave protégée entre trois hautes murailles de roche grise où quelques sauges obstinées s'accrochaient encore à mi-pente. Même l'écho de leurs pas rendait un son creux, inquiétant. Frappée d'horreur, Jillian s'immobilisa en fronçant les narines.

— Mon Dieu…

L'odeur était douce, fétide, épaisse. Et elle marquait la fin de ses derniers espoirs.

Jurant avec force, Aaron se pencha pour ramasser un os nettoyé par un coyote et le jeta au loin.

— J'ai une pelle dans l'avion. Nous pouvons essayer de creuser, si tu veux. Ou aller directement voir le shérif.

La gorge nouée, elle s'essuya les mains sur son jean.

— J'aimerais autant en avoir le cœur net tout de suite.

Elle lut dans son regard qu'il admirait et respectait sa décision. Sans un mot, il se détourna pour regagner le biplace. Jillian attendit qu'il se soit éloigné pour serrer les poings et fermer les yeux. Elle aurait voulu hurler de rage impuissante. Du bétail appartenant à son ranch avait été emporté, abattu et vendu. Des heures de labeur acharné étaient parties en fumée. Quoi qu'elle fasse, le fruit de ses efforts était perdu à tout jamais.

Il lui fallut quelques minutes pour recouvrer de nouveau son calme. Elle se préparait à vivre une année difficile où il lui faudrait se serrer la ceinture. Mais elle ne baisserait pas les bras. Ces voleurs, elle les voulait derrière les barreaux. Et elle lutterait jusqu'au bout pour que justice soit faite.

Lorsqu'il la rejoignit avec la pelle, Aaron nota immédiatement la colère qui brillait dans ses yeux. Mais il aimait autant la voir en rage et déterminée que poignardée par le désespoir, comme elle l'avait été quelques minutes plus tôt.

— Assurons-nous simplement que les restes sont bien enterrés ici. Dès que nous aurons la preuve, nous filerons chez le shérif.

Jillian acquiesça d'un signe de tête. Même s'ils ne trouvaient qu'une peau, ce serait déjà une peau de trop. La pelle s'enfonça dans la terre avec un bruit sec.

Aaron n'eut pas à creuser longtemps. Levant les yeux sur le visage impassible de Jillian, il dégagea une première dépouille. Malgré la puanteur suffocante, elle se baissa sans ciller et chercha le « U » qui était la marque de son ranch.

— Si ce ne sont pas des preuves, je ne sais pas ce qu'il leur faut, murmura-t-elle en luttant contre la tentation de se laisser tomber à genoux. A ton avis, combien de…

Aaron la coupa d'un ton sec.

— Laisse le shérif faire son boulot, Jillian.

Il était aussi furieux que si les bœufs vilement massacrés avaient été les siens. Jurant tout bas, il essuya la pelle sur la terre remuée et délogea quelque chose.

Jillian se baissa pour ramasser le gant. Il était sale mais fait d'un cuir de qualité. C'était typiquement le genre de gants qu'utilisaient les cow-boys pour manier les barbelés des clôtures. Elle ressentit une pointe d'espoir mêlée d'excitation.

— L'un d'entre eux a dû le perdre en cours d'opération, s'exclama-t-elle en se relevant d'un bond. Peut-être qu'on le tient et je te jure qu'il va me le payer cher, Aaron. La plupart de mes aides gravent leurs initiales dans le cuir, à l'intérieur.

Sans se soucier de la crasse, elle retourna le gant. Aaron la vit blêmir. Ses doigts se crispèrent sur la peau lorsqu'elle leva les yeux vers lui. Sans un mot, elle lui tendit la pièce à conviction. Sourcils froncés, il la lui prit des mains et l'examina. Des initiales, il y en avait bel et bien.

Mais il s'agissait des siennes : A.M. Aaron Murdock.

Il tourna vers elle un regard dépourvu d'expression.

— Voilà qui nous ramène à la case départ, je suppose. Tiens, prends le gant. Tu en auras besoin pour le shérif.

Elle lui jeta un regard noir de fureur.

— Parce que tu penses que je suis assez stupide pour croire que tu as quoi que ce soit à voir avec tout ça ?

Pivotant sur ses talons, elle partit vers l'avion au pas de charge. Un instant tétanisé sur place, Aaron réussit à la rattraper avant qu'elle ait escaladé les derniers rochers qui barraient l'entrée du canyon.

Il lui saisit les épaules sans ménagement et l'obligea à lui faire face.

— Les apparences sont contre moi, Jillian. Qu'est-ce qui te fait dire que je ne suis pas un voleur de bétail ?

— Je sais que des défauts, tu en as à la pelle, Aaron. Mais s'il y a une chose en toi que je ne mettrai jamais en doute, c'est ton intégrité. Tu ne sectionnerais pas mes fils de clôture et tu n'abattrais pas mon bétail.

Non seulement ses paroles lui allèrent droit au cœur, mais il vit qu'elle avait les yeux noyés de larmes. La politique d'Aaron avec les femmes en pleurs s'était toujours résumée à un seul mot d'ordre : « Eloigne-toi et attends que ça passe. »

Mais, étrangement, l'idée de fuir ne lui traversa même pas l'esprit. Au lieu de chercher à dédramatiser la situation, il l'entoura de ses bras et lui effleura la joue.

— Jillian…

— Non ! S'il te plaît. Ce n'est vraiment pas le moment !

Elle tenta de se dégager mais il la retint fermement. La tête enfouie contre son épaule, elle sentit son corps, solide comme un roc, offrant à la fois la compréhension et le réconfort dont elle avait besoin.

Mais que resterait-il d'elle lorsqu'il lui retirerait l'appui de ses bras ? Lorsqu'elle perdrait la protection qu'il lui offrait sans un mot ?

— Aaron… Non, protesta-t-elle d'une voix entrecoupée. Je te préviens que tu vas avoir droit aux chutes du Niagara.

— Je ne peux pas rester les bras ballants. Appuie-toi sur moi un instant. Ça ne te fera pas de mal.

Il se trompait sur ce point. Pleurer avait toujours été une épreuve humiliante pour Jillian. Mais il n'y avait déjà plus moyen d'arrêter le flot. Elle laissa donc venir ses larmes et sanglota éperdument pendant qu'Aaron la serrait dans ses bras au pied de la montagne aride, sous le grand soleil de printemps.

Chapitre 9

La découverte dans le canyon de deux cents peaux portant la marque d'Utopia fit sensation. Si bien que Jillian n'eut même pas le temps de tomber dans l'amertume et le découragement. Elle eut de longues entrevues avec le shérif ainsi qu'un entretien avec l'Association des éleveurs. Et tous les exploitants des environs l'appelèrent ou lui rendirent visite pour manifester leur soutien.

Pendant deux semaines, au moins, les « événements d'Utopia » firent l'objet de toutes les conversations. Il y avait trente ans que l'on n'avait pas assisté à un vol de bétail d'une pareille envergure. Et les conjectures allaient bon train.

Lorsque l'agitation commença à retomber, Jillian fut soulagée d'un côté que le flot des visites et des questions se soit calmé. Mais son espoir de voir ses voleurs arrêtés s'amenuisait de jour en jour.

Si elle avait fini par se résigner à la perte de son bétail, elle ne parvenait pas à accepter, en revanche, que ses voleurs continuent à circuler en toute liberté, avec *son* argent en poche. Jillian devait reconnaître que l'opération avait été brillamment menée. En semant des « indices » qui avaient focalisé toute l'attention sur la frontière entre Utopia et le Double M, les voleurs s'étaient octroyé toute la latitude nécessaire pour évacuer tranquillement le bétail par le nord.

La seule consolation de Jillian, c'est qu'elle n'avait pas été dupe un seul instant de l'épisode du gant. Depuis leur découverte sanglante dans le canyon, Aaron n'avait cessé de lui offrir un soutien sans faille.

Mais s'il se montrait présent, il se gardait bien de la surprotéger pour autant. Et de cela surtout, Jillian lui était reconnaissante. En ce temps d'épreuve, la douceur était dangereuse pour elle. Elle avait découvert que pour tenir l'angoisse à distance, le travail acharné restait le meilleur remède. Se forçant à vivre au jour le jour, elle s'arrangeait pour rester à pied d'œuvre du matin jusqu'au soir.

L'événement majeur prévu pour cet après-midi-là était la saillie programmée pour Dalila. Aaron était arrivé avec Samson ainsi que deux de ses hommes. Gil et un autre employé de Jillian joindraient leurs efforts aux leurs pour maîtriser l'étalon juste avant qu'il ne monte la jument.

Une fois qu'un cheval entier avait capté l'odeur d'une jument en chaleur, il devenait très vite ingérable. Et c'était un sang particulièrement fier qui courait dans les veines de Samson.

Alors qu'elle entrait dans le paddock en tenant Dalila par la bride, Jillian observa Samson. C'était un animal superbe, bouillonnant, encore à demi sauvage. Son regard glissa alors sur Aaron, qui maintenait la tête du cheval.

Il était calme, flegmatique, presque relâché, en apparence. Mais elle le savait sur le qui-vive et prêt à réagir de manière fulgurante lorsqu'il s'agirait de contrôler l'étalon. Il était mince, noble et droit. Et sous son allure désinvolte se cachait une puissance toujours prête à jaillir.

L'homme et l'étalon formaient une unité magnifique. *Mon amant*, songea Jillian avec, comme chaque fois, un léger tressaillement intérieur. Lorsqu'elle était seule et qu'elle pensait à Aaron, l'anxiété prenait parfois le dessus. Mais lorsqu'ils étaient face à face, ses sentiments n'avaient plus rien à voir avec la peur.

Etait-ce l'air lourd, orageux, chargé d'une pluie imminente ? Ou était-elle en symbiose avec sa jument au point de percevoir ses frémissements ? Son cœur, en tout cas, battait à grands coups sourds dans sa poitrine et de légers frissons d'excitation glissaient sur sa peau moite.

Les deux chevaux perçurent mutuellement leur odeur. L'étalon voulut se ruer en avant et lutta, furieux, contre les cordes qui empêchaient sa progression. La tête rejetée en arrière, la queue en panache, il appelait la jument. Des jurons s'élevèrent tandis que les hommes alliaient leurs efforts pour retenir le cheval en rut.

La main de Jillian se crispa sur la bride de Dalila, qui cherchait à lui échapper à son tour. Elle murmura des paroles apaisantes mais la jument était trop paniquée pour les entendre. Samson poussa une sorte d'appel passionné et Dalila se cabra, arrachant presque la bride de la main de Jillian.

— Aidez-la à tenir la jument, cria Aaron, sourcils froncés, en voyant les redoutables sabots levés.

Jillian réussit à raffermir sa prise. Elle était en nage et sa chemise lui collait dans le dos.

— Non. Elle n'a confiance en personne, à part moi. Mais ne traînons pas trop.

L'étalon était déchaîné, la robe luisante de sueur, le regard terrifiant. Maintenu par cinq hommes, il se dressa sur ses jambes arrière et, pendant quelques secondes, demeura comme suspendu, puissant, superbe et menaçant. Puis il monta la jument.

Indifférents aux humains, les deux chevaux se livrèrent à la pure violence de leurs instincts. Jillian en oublia la douleur de ses muscles tétanisés par l'effort. Les pieds solidement plantés dans le sol, elle mettait toutes ses forces en œuvre pour empêcher que sa Dalila ne se blesse en ruant ou en se cabrant.

Mais, malgré son épuisement, elle était sensible à la beauté brute de la scène, à la tension qui émanait des deux animaux en rut. Des odeurs puissantes lui emplissaient les narines. Des dizaines de fois, déjà, elle avait assisté à la reproduction. Mais c'était la première fois qu'elle mesurait l'élan — superbement irrépressible — qui présidait à la copulation. Et son corps savait désormais que le désir qu'une femme éprouvait pour un homme pouvait être tout aussi débridé, tout aussi primitif.

Les premières gouttes de pluie s'écrasèrent dans le corral. Le visage levé, Jillian la sentait couler sur ses joues, tiède, humide, caressante. De nouveau un juron s'éleva parmi les hommes qui tenaient l'étalon. La pluie rendait les cordes plus glissantes et leur compliquait encore la tâche.

Lorsque son regard trouva celui d'Aaron, son cœur se mit à battre à un rythme aussi furieux et désordonné que celui de Dalila. Le désir la transperça, si élémentaire qu'elle l'accepta comme émanant de la partie la plus véridique de son être.

Aaron perçut la vibration qui la parcourait et sourit. Elle sentit une soudaine faiblesse dans les cuisses mais garda les yeux rivés aux siens. Son excitation était presque douloureuse, comme si Aaron la touchait physiquement.

L'envie qu'elle avait de lui se doublait d'une rassurante sensation de sécurité, alors même qu'elle percevait le danger partout alentour. Là encore, Jillian ne chercha pas à lutter contre ses certitudes élémentaires. Aaron et elle avaient aidé à créer une vie neuve. Et leurs deux chevaux embrassés formaient entre eux comme un lien.

Lorsque Samson et Dalila furent séparés, Jillian reconduisit la jument dans son box. La lumière était pauvre, l'air alourdi par les odeurs prégnantes de paille, de foin et de cuir. Retirant le licou, elle pansa et étrilla Dalila jusqu'à ce que la jument recouvre peu à peu son calme.

Reposant sa brosse, Jillian enfouit le visage dans sa crinière.

— Là, ma jolie... Tout va bien, maintenant. Nos corps ont des exigences contre lesquelles on ne peut pas grand-chose, n'est-ce pas ?

— C'est ainsi que tu conçois les rapports entre les sexes, Jillian ?

Debout à l'entrée du box, Aaron la regardait en souriant. Lorsqu'elle se tourna vers lui, il scruta ses traits avec attention, cherchant des signes de tension ou de fatigue. Il avait pris cette habitude depuis leur expédition dans le canyon. Et si elle s'était cabrée dans un premier temps, elle avait fini par accepter tout naturellement cette marque d'intérêt et de sollicitude.

— Arrête de m'examiner comme si j'étais un cheval malade, protesta-t-elle en riant.

Aaron pénétra dans le box et passa doucement la main sur les flancs de la jument.

— Elle a l'air de s'être calmée, apparemment ?

— Je crois que ça va aller, oui. Mais je suis contente que nous ne les ayons pas lâchés ensemble dans un enclos. Avec le tempérament de ces deux-là, il y aurait sans doute eu des dégâts... En tout cas, le poulain sera un champion, Aaron. J'ai senti qu'il se passait quelque chose de mémorable entre ces deux chevaux, tout à l'heure.

Sur une impulsion, elle lui passa les bras autour du cou et l'embrassa ardemment. Aaron ne fut pas peu surpris par sa réaction. C'était la première fois qu'elle lui manifestait spontanément de l'affection. Comme chaque fois qu'il la tenait dans ses bras, il sentit des élancements du cœur mêlés à un désir qui ne cessait de s'approfondir et de s'exacerber.

Jillian souriait toujours lorsqu'elle s'écarta de lui. Le visage grave, il la ramena dans son étreinte et se contenta de la tenir contre lui. La douceur de cet enlacement la confondit.

— Tu ne devrais pas t'occuper de Samson ? murmura-t-elle.

— Il est déjà reparti avec mes deux assistants.

Elle frotta sa joue contre la chemise mouillée de pluie.

— Je te fais un café à la maison, Aaron ?

— Ce n'est pas de refus.

Il lui entoura les épaules lorsqu'ils ressortirent sous la pluie qui tombait toujours à seaux.

— Tu as eu des nouvelles du shérif ?

— Je l'ai appelé hier. Toujours rien de nouveau.

Ils firent une pause devant la porte de la cuisine pour se débarrasser de leurs bottes boueuses. Tête penchée sur le côté, Jillian essora ses cheveux mouillés.

— Le seul point positif, c'est que tout le comté est au courant. Et que les autres éleveurs se sont engagés à ouvrir l'œil. Je me demande d'ailleurs si je ne vais pas proposer une récompense.

— Ce n'est pas une mauvaise idée, acquiesça-t-il en prenant une chaise.

Les jambes allongées devant lui, il regarda Jillian aller et venir pour préparer le café. Un bouquet de fleurs fraîches était disposé sur la grande table de ferme, la pluie frappait les vitres et la lumière était douce. Son esprit vagabonda et alla se perdre dans des rêveries vaguement domestiques.

Il lui fallut quelques secondes pour réaliser qu'il était en train d'imaginer des séquences qui ressemblaient à s'y méprendre à… une existence conjugale. L'idée le surprit tellement qu'il faillit éclater de rire.

Il se hâta de revenir à la conversation en cours.

— Et si je me chargeais de la récompense ? Non, non, écoute-moi d'abord, avant de commencer à hurler, enchaîna-t-il en la voyant sur le point de refuser. Mon père a eu vent de cette histoire de fil de clôture coupé. Et ça l'a mis dans un état terrible. Avec l'inimitié légendaire qui est censée opposer les Baron et les Murdock, il sait que certaines personnes vont forcément penser — sans le dire — qu'on présente de la viande volée à sa table.

Jillian les servit en café.

— Je n'ai jamais songé à une chose pareille.

Aaron prit une de ses mains dans les siennes.

— Je sais. Si ça s'était passé il y a dix ans, l'idée qu'on puisse le soupçonner de ce genre d'horreur aurait beaucoup amusé ma forte tête de père. Mais il n'est plus tout à fait le même homme, désormais. Il se sent vieux, malade, dépassé, et je crois qu'au fond de lui-même son vieux rival Clay lui manque. Tu lui ferais une faveur, Jillian, en lui donnant le sentiment d'être utile. Autrement dit, c'est un service que je te demande. Et ce n'est pas spécialement facile pour moi.

Elle baissa les yeux sur leurs deux mains jointes.

— Tu l'aimes, ton père, n'est-ce pas ?

— Oui, admit-il avec le même ton indifférent qu'il avait eu pour lui annoncer l'imminence de son décès.

Mais elle comprenait tellement mieux comment il fonctionnait, à présent.

— Je serais reconnaissante à ton père de m'aider à financer la récompense.

Il entrelaça ses doigts aux siens.

— Pour te remercier, je me porte volontaire pour t'aider à retirer tes vêtements mouillés.

Jillian s'étira en riant.

— Ton dévouement te perdra, Murdock… Mon Dieu, quel luxe de rester assis à boire du café à 4 heures de l'après-midi ! Tiens, je te parie cinquante dollars que je te bats à l'épreuve de la prise du veau au lasso, au rodéo du 4 Juillet.

Aaron avança sa main tendue.

— Tope là. Tu participes à d'autres épreuves ?

— Je ne pense pas, non. La course des trois barils ne m'intéresse pas vraiment. Et il ne me paraît pas recommandé de me lancer dans la montée du cheval sauvage avec selle.

— Ah, non ? Pourquoi ?

— Parce que je me casserais le cou, admit-elle piteusement.

Aaron songea qu'une semaine auparavant encore elle n'aurait sans doute jamais consenti à un tel aveu de faiblesse. Il se pencha en riant pour l'embrasser. Le baiser se voulait purement amical, mais il ranima chez lui un désir toujours latent.

— C'est ta bouche qui me fait ça, murmura-t-il en lui attrapant le cou. Une fois que je commence à m'y intéresser, plus moyen de m'arrêter.

Le souffle irrégulier de Jillian glissa sur ses lèvres.

— Nous sommes en milieu d'après-midi, Aaron.

Il sourit.

— En effet, oui. Tu me fais visiter ton lit ?

Jillian souleva ses paupières déjà pesantes.

— Tu es fou. J'ai plein de choses à faire.

— Mmm... Comme quoi, par exemple ?

— Eh bien, je dois... euh...

Les lèvres d'Aaron glissaient sur les siennes en un mode plus provocant encore qu'un simple baiser.

— Tu dois quoi ? s'enquit-il en lui caressant la bouche de la pointe de la langue.

— Je n'arrive plus à penser, se plaignit-elle.

C'était ce qu'il voulait. Et si elle devait absolument penser à quelque chose, il faudrait que ce soit à lui et rien qu'à lui. Il avait besoin, tout à coup, qu'elle oublie ses tâches innombrables et qu'elle lui accorde la priorité sur tout le reste — son ranch et ses ambitions y compris.

— Tu n'as pas besoin de penser, murmura-t-il en la tirant sur ses pieds. Tu peux sentir, n'est-ce pas ?

Sentir, oui. Dans les bras d'Aaron, avec le front contre sa poitrine, elle avait accès aux sensations les plus riches et les plus variées. Non seulement aux sensations, mais aux émotions aussi. Aux élans. Aux envies. A la peur et au désir.

— J'ai envie de faire l'amour avec toi, Aaron, admit-elle dans un souffle. C'est plus fort que moi. Et j'ai l'impression que ça n'arrête jamais.

Il lui releva la tête pour plonger son regard dans le sien.

— Au beau milieu de la journée, Jillian ?

— Parfaitement, Murdock. Je te veux. Ici et maintenant.

Avec un sourire en coin, il examina la table de cuisine.

— Ici, tu dis ?

Elle hésita.

— Je t'accorde le temps de monter à l'étage, déclara-t-elle finalement. Mais tu as intérêt à faire vite.

Plaçant les mains sur ses épaules, elle sauta dans ses bras en accrochant les jambes autour de sa taille.

— En haut de l'escalier, deuxième porte sur ta droite, Murdock.

Pendant qu'Aaron négociait les marches, Jillian se demanda comment il réagirait si elle lui révélait qu'il était le premier homme dans sa vie. Elle avait découvert dans les bras d'Aaron que le « grand amour » de ses vingt ans n'avait pas été un amant, juste un incident de parcours. Mais elle se sentait beaucoup trop fragile et incertaine pour confier à Aaron qu'il n'y avait eu personne avant lui.

Abandonnant la tête sur son épaule, elle ferma les yeux. Et décida que, pour une fois, elle cueillerait les fleurs du plaisir sans s'inquiéter des conséquences.

— Tes capacités physiques sont en baisse, Murdock. Au bout d'une vingtaine de marches à peine, tu as le cœur qui bat comme un tambour.

— Le tien bat en accéléré, aussi. Et tu t'es laissé porter, riposta-t-il en découvrant la chambre de Jillian.

La pièce lui ressemblait : pratique, avec des matières simples, des couleurs franches et nettes. Et, néanmoins, sans qu'il puisse en définir l'origine exacte, il émanait des lieux une atmosphère indiscutablement féminine.

Jillian n'était pas le genre de femme à s'encombrer de colifichets, de bibelots ou autres fanfreluches. Les sols étaient lisses, les murs presque nus. Seul un vase en poterie brun-rouge contenant un bouquet de chatons apportait une touche décorative. Un unique tableau abstrait au mur évoquait un coucher de soleil sanglant sur des eaux tourmentées.

Il songea qu'elle prenait un soin presque maniaque

à se montrer sobre et pragmatique dans tous les aspects de son quotidien. Comme si, dans le monde d'homme où elle vivait, elle devait nécessairement s'interdire la moindre note de fantaisie.

Aaron sourit. Malgré toute l'application qu'elle mettait à cacher les aspects les plus rêveurs de sa personnalité, on devinait, sous la sobriété de façade, une aspiration criante à aimer et à être aimée.

— Il n'y a pas grand-chose à voir, ici, commenta Jillian avec un léger haussement d'épaules en voyant qu'il observait les lieux avec attention. Je passe tellement peu de temps dans ma chambre.

Aaron la reposa doucement sur le sol.

— Quelque chose de toi transparaît dans cette pièce, pourtant. Un style. Une odeur.

Elle rit, inexplicablement charmée par sa remarque, et s'attaqua aux boutons de sa chemise.

— Tu veux que je t'aide à te déshabiller, Aaron ?

— Mais certainement. Je te laisse la direction des opérations.

Jillian secoua la tête.

— Ne compte pas sur moi pour jouer les séductrices fatales, Murdock. Je ne connais aucun truc subtil, aucune ruse féminine.

Avant qu'il puisse répondre, elle se jeta sur lui en riant et le poussa à la renverse sur le lit.

— Tu vois. Rien que des méthodes directes qui vont droit au but.

— Il faut reconnaître que tu es une amante

énergique, murmura Aaron, sensible à la chaleur du corps de Jillian, même à travers leurs deux chemises humides.

— J'aime bien ton physique, Murdock, murmura-t-elle en lui immobilisant le visage entre les mains. Ça m'énervait au début, mais je commence à l'accepter.

— Accepter quoi ? Ma drôle de tête ?

Elle pouffa.

— Mais non, idiot. Accepter le fait que je te trouve attirant. Tes traits ont quelque chose d'inquiétant, de sauvage, d'implacable. Mais, dès que tu souris, tu deviens assez irrésistible. Et c'est encore plus dangereux.

— Le danger ne te fait pas fuir ?

Elle frotta affectueusement son nez contre le sien.

— Peut-être qu'il me stimule, au contraire.

Aaron hocha la tête. Ce qu'elle recherchait, en l'occurrence, c'était le vertige et l'aventure. Mais s'il était prêt à lui offrir le suspense et les sensations fortes, il avait également l'intention de lui montrer que l'attirance entre eux pouvait s'inscrire dans la durée.

Aaron voulut la faire basculer sous lui, mais elle avait déjà entrepris de lui couvrir le visage de baisers. C'était à peine s'il sentait le poids de son corps souple allongé sur le sien. Mais il percevait avec acuité chaque ligne et chaque courbe.

Non, elle n'avait rien d'une « séductrice fatale ». Son approche de l'amour était dépourvue de stratégie. Mais c'était exactement ainsi qu'il l'aimait. Il entendait l'assaut rythmé de la pluie battant les vitres. Une pluie dont Jillian portait encore l'odeur sur elle. Il avait presque l'impression d'être seul avec elle dans un pré, avec le parfum de l'herbe mouillée et les eaux du ciel glissant sur leurs peaux nues.

Jamais Jillian n'avait imaginé que cela pouvait être aussi exaltant d'ensorceler un homme par la seule force de sa sensualité. Elle sentait une faiblesse gagner Aaron et le pouvoir qu'il lui conférait en s'abandonnant à ses caresses lui montait à la tête. Comme ivre, elle riait, laissant son souffle glisser sur sa peau et sur ses lèvres.

Et lui semblait ne rien vouloir d'autre, dans l'immédiat, que rester allongé là, à se soumettre à ses explorations. Inlassables, ses mains allaient et venaient sur lui, cherchant à mieux donner et à mieux connaître.

Ses doigts se firent interrogateurs lorsqu'ils s'attardèrent sur la cicatrice qui lui barrait la hanche.

— C'est Brahmâ, expliqua-t-il tandis qu'elle tirait sur son jean, centimètre après centimètre. Jillian, tu es sûre que… ?

Mais elle lui imposa le silence en scellant ses lèvres aux siennes.

— Brahmâ est un taureau, je suppose.

Il hocha la tête.

— Pendant un rodéo. A une période de ma vie

où je brillais plus par mon courage que par mon intelligence.

Elle aima le petit grognement de plaisir qu'il émit lorsqu'elle descendit lentement le long de son torse pour presser les lèvres sur la cicatrice. Dans l'air épaissi, les odeurs de leurs désirs mêlés se répandaient en volutes entêtantes. Elle aurait pu continuer à goûter et à festoyer ainsi des heures durant. A Aaron, elle apportait la joie, le plaisir. Et c'était plus — infiniment plus — que ce qu'elle avait cru être capable d'offrir à qui que ce soit.

Aaron sentait un foyer brûlant s'étaler au creux de son ventre. Dans un état second, il n'avait même plus la force de lutter contre le feu qui le consumait sans merci. Les mains de Jillian le torturaient ; sa bouche le rendait fou. Jamais, jusque-là, il ne s'était préoccupé de ses propres zones de vulnérabilité. Mais il était fasciné à présent que Jillian les mettait en évidence une à une.

Ses mains et ses lèvres semblaient être partout. Avec un instinct infaillible, elle naviguait d'un point sensible à l'autre, jusqu'à ce qu'un tremblement continu finisse par le gagner. Le vent redoubla de violence, rabattant en hurlant la pluie contre la vitre. Une soudaine folie s'empara alors de lui.

Il la retourna d'un mouvement vif et la plaqua sur le matelas, en lui maintenant les deux bras au-dessus de la tête. S'il avait eu le temps et la patience, il les aurait sans doute attachés au montant du lit.

Il examina le visage levé vers lui. Aucune trace de peur ne troublait les traits de Jillian ; aucune soumission ne se dessinait dans son attitude. Elle le défiait de la prendre, au contraire. Sachant que, quelle que soit la façon dont il procéderait, il serait pris aussi.

Avec un juron étouffé, il s'empara de sa bouche.

Jillian accueillit son baiser avec une ardeur égale à la sienne. En poussant Aaron jusqu'à ses limites, elle avait réussi à éveiller cette frénésie en lui. Cet homme, dans un sens, la connaissait mieux que personne.

Et il n'en continuait pas moins à la désirer. Elle. Il y avait si longtemps qu'elle attendait un tel échange, un tel partage. Et elle avait attendu d'autant plus désespérément qu'elle ignorait être dans l'attente. Aaron tira sur sa chemise avec une telle violence qu'elle entendit le tissu craquer. Des éclairs argentés explosèrent derrière ses paupières closes.

Il la débarrassa du reste de ses vêtements avec des gestes frénétiques. Puis leurs jambes et leurs bouches se mêlèrent, leurs corps enfin libérés se pressèrent l'un contre l'autre. Aaron n'avait jamais rien connu d'aussi intime que ce mélange d'êtres, de peaux, de saveurs.

Lorsqu'elle s'ouvrit sous lui, il se souleva au-dessus d'elle pour dévorer des yeux le visage levé vers lui. Le regard de Jillian était assombri, voilé par le désir. De désir *pour lui*. Il sut alors qu'il avait obtenu ce qu'il voulait : elle ne pensait plus qu'à lui. En cet instant, strictement plus rien d'autre ne comptait.

— J'ai eu envie de toi dès que je t'ai vue, murmura-t-il en venant en elle.

Il vit son visage s'illuminer lorsqu'il se mut lentement entre les douces parois resserrées sur lui. Résistant à l'urgence, il fit durer leurs sensations, exerçant sur lui-même un contrôle aussi torturant qu'exquis.

Jillian gémit. Elle croyait avoir compris ce qu'était le plaisir. Mais Aaron lui montrait aujourd'hui qu'il était possible d'aller plus loin encore. La montée implacable était à la fois douleur et suprême jouissance. Et même si elle sentait la pression devenir intolérable, elle aurait voulu que cela dure toujours. Elle en aurait pleuré de joie, gémi de souffrance.

Elle soupira son nom comme s'il n'en existait pas d'autre au monde. Les deux syllabes murmurées suffirent à faire perdre le contrôle d'Aaron. Il y eut comme un grand éclair blanc, puis il l'emporta avec lui dans les noires hauteurs d'un ciel d'orage.

Chapitre 10

Le trajet jusqu'à la ville était long et sinueux. Et la chaleur promettait d'être implacable. Mais la fête nationale du 4 Juillet était le premier jour de congé que Jillian s'accordait depuis le début de la saison. Et elle était fermement décidée à profiter pleinement d'un moment de liesse et de détente. Pendant quelques heures, elle voulait oublier ses problèmes financiers et ses angoisses pour vivre comme un membre à part entière de la petite communauté d'éleveurs dont elle faisait partie.

Un bruit de voix joyeuses s'élevait près du paddock. Une bonne odeur de pâtisserie flottait dans l'atmosphère. Et on entendait déjà un violoneux faire ses gammes en préparation du bal qui débuterait à la nuit tombée.

Avant de penser à la fête, cependant, Jillian alla jeter un coup d'œil sur les rivaux de son taureau. Six bêtes au total avaient été présentées pour le concours. Toutes puissantes, superbement musclées, avec des cornes brillantes et des poitrails impressionnants. Jillian savait que le concurrent le plus sérieux de son don Juan serait le taureau mis en lice par le Double M — un animal magnifique qui avait remporté le ruban bleu trois années d'affilée.

Mais, cette fois-ci, le taureau des Murdock serait devancé, songea-t-elle en examinant avec fierté son superbe Hereford. Et si elle décrochait le prix cette année, cela compenserait en partie les grosses pertes financières qu'elle avait subies.

— Alors ? Vous admirez le futur gagnant ?

Jillian se retourna au son de la voix encore puissante de Paul Murdock. Le vieil homme avait fière allure dans ses habits de fête. Mais son visage au nez d'aigle était pâle sous le Stetson. Lourdement appuyé sur une canne au pommeau doré à l'or fin, le père d'Aaron tenait rivé sur elle un regard encore luisant de défi.

— J'admire le futur gagnant, oui, acquiesça-t-elle en contemplant ostensiblement son propre taureau.

Paul Murdock examina l'animal à son tour.

— C'est donc lui le Casanova dont on m'a rebattu les oreilles, commenta-t-il pensivement… Mmm… Il a des possibilités, en effet.

Jillian vit passer dans ses yeux comme un éclair d'envie. Elle sourit.

— Une place de second n'est jamais à dédaigner non plus, observa-t-elle d'un ton léger.

Paul Murdock commença par la clouer sur place de son regard aigu de rapace. Puis, comme elle restait immobile à le défier de son menton levé, il finit par rire de bon cœur.

— Vous êtes une sacrée bonne femme, Jillian Baron. Le vieux Clay vous a transmis tout ce qu'il faut savoir, apparemment.

— Tout ce qu'il faut savoir pour diriger Utopia, oui.

— Peut-être, admit-il sombrement. Les temps changent.

Que cela soit difficile à accepter pour un homme de la trempe de Paul Murdock, Jillian pouvait le comprendre. Elle ressentit même un élan de sympathie inattendu pour le vieux tyran.

Le vieillard brandit sa canne.

— Mais ce vol de bétail est une abomination, en revanche ! Je reconnais que votre grand-père et moi, nous n'avons pas toujours été les meilleurs amis du monde. Le vieux lascar était obstiné comme un chien sur son os. Jamais vu une pareille tête de mule.

Le visage de Jillian demeura impassible. Tellement impassible même que Paul Murdock songea qu'il serait intéressant de défier une pareille adversaire au poker.

— Cela définit bien mon grand-père, acquiesça-t-elle avec un sourire angélique. Avec une personnalité comme la vôtre, vous deviez le comprendre à demi-mot, je suppose ?

Murdock émit un rire amusé.

— Votre grand-père et moi avions quelques traits en commun, en effet. Et je veux que vous sachiez que s'il lui était arrivé une chose pareille, je l'aurais soutenu. Tout comme j'aurais attendu de lui qu'il me vienne en aide, dans une circonstance aussi dramatique. Un rancher est un rancher.

Il y avait une telle fierté dans la voix du vieil homme que Jillian redressa insensiblement la taille.

— Je sais. Ça passe avant tout le reste.

— Il y aura toujours des gens pour dire que le bétail qui vous manque a pu se fondre dans les pâturages du Double M.

— Je n'y ai jamais cru une seconde, monsieur Murdock. D'ailleurs, si je pensais que vous serviez ma viande à votre table, vous seriez déjà en train de payer la note.

Paul Murdock eut un sourire admiratif.

— Clay Baron a eu de la chance de vous avoir comme petite-fille. Même si je persiste à penser qu'une femme a besoin d'un homme à ses côtés pour diriger un ranch.

— Attention à ce que vous dites, monsieur Murdock. Je commençais tout juste à me dire que vous aviez des côtés supportables.

Clairement ravi par sa réaction, il rit de nouveau. Jillian songea que, dans quarante ans, Aaron donnerait cette même impression de redoutable puissance qui émanait de son père aujourd'hui.

— On ne change plus les vieux singes comme moi… Le bruit court que mon fils s'intéresse à vous de très près. Je reconnais qu'il a plutôt bon goût.

Elle soutint son regard perçant sans ciller.

— Et vous croyez tout ce qui se raconte, monsieur Murdock ?

— Si mon fils ne s'intéressait pas à vous, ce serait un imbécile. Or, on peut dire de lui ce qu'on veut, mais ce garçon n'a rien d'un idiot. Il aurait besoin d'une femme pour le stabiliser, en revanche.

— Ah, vraiment ? rétorqua Jillian sèchement.

— Ne recommencez pas à vous hérisser comme une chatte en colère, jeune fille, lui ordonna Murdock. Il y a dix ans, je lui aurais sans doute fait la peau s'il s'était risqué à regarder une Baron d'un peu près. Mais les temps changent, comme nous venons de le constater. Que nous le voulions ou non, nous vivons côte à côte depuis plus d'un siècle. Qui sait si un jour les Murdock et les Baron ne finiront pas par unir leurs terres ?

— Je n'ai pas l'intention de stabiliser qui que ce soit, monsieur Murdock. Et j'envisage encore moins une fusion entre le Double M et Utopia.

— Dans la vie, il y a ce que l'on projette et planifie. Et il y a ce qui nous tombe dessus sans crier gare. Il n'y a qu'à regarder ce qui s'est passé pour Karen et moi. Vous pensez vraiment que j'avais prévu de finir mes jours aux côtés d'une beauté fragile et délicate devant qui j'ai toujours l'impression d'avoir les semelles crottées, même lorsque je suis en habits du dimanche ?

Jillian se mit à rire et lui passa spontanément la main sous le bras.

— J'ai l'impression que vous essayez d'enterrer la hache de guerre... Non, non, ne me regardez pas de cet œil mauvais, monsieur Murdock. Aaron et moi, nous... nous nous comprenons. J'ai de l'affection pour votre femme et je crois que je commence à trouver votre compagnie tolérable.

— Tout le portrait de sa grand-mère, cette petite, marmonna Murdock entre ses dents.

Comme ils marchaient ainsi dans les rues de la ville, quelques regards curieux se tournèrent dans leur direction. Un Murdock et un Baron bras dessus bras dessous, cela ne s'était encore jamais vu. En s'interrogeant sur ce qu'aurait pensé son grand-père du tour que prenaient les événements, Jillian se surprit à sourire. Clay aurait râlé sans doute. Mais, au fond de lui-même, ce rapprochement ne lui aurait pas déplu. *A fortiori* dans la mesure où cela faisait jaser autour d'eux.

Lorsque Aaron vit son père et Jillian approcher à pas lents de l'arène, il interrompit sa conversation avec un vieux cow-boy de rodéo pour concentrer toute son attention sur ce duo inattendu. Il vit Jillian rejeter les cheveux en arrière et lever le visage vers son père pour dire quelque chose qui fit éclater le vieil homme d'un rire tonitruant. En cet instant, si cela n'avait pas déjà été fait, Aaron serait tombé amoureux de Jillian Baron sur-le-champ.

— Tiens, commenta le cow-boy à côté de lui. Ce n'est pas la petite Baron qui rapplique avec ton paternel ? Je croyais qu'un Baron et un Murdock ne s'adressaient la parole que pour se lancer des insultes ?

— Rien n'est éternel ici-bas. Pas même les vieilles querelles de famille, rétorqua Aaron d'un ton léger.

Abandonnant son compagnon, il se porta à la rencontre de Jillian et de son père.

— Alors, vous deux ? Il n'y a pas eu de sang versé ?

— Ton père et moi avons conclu une trêve armée, annonça Jillian.

Le vieux Murdock, qui les observait de son œil d'aigle, comprit que les rumeurs ne mentaient pas : il se passait bel et bien quelque chose entre Jillian et son fils. Le lien d'intimité entre eux sautait aux yeux. Et soudain, au lieu de sentir le poids de la maladie et la nostalgie pour la vie qui le quittait, Paul Murdock éprouva un instant de paix profonde. Comme si, dans la continuité avec ce fils qui lui ressemblait tant, il venait de capter une petite parcelle d'éternité.

— Il faut que j'aille rejoindre ta mère, Aaron. Nous serons dans les gradins tout à l'heure pour vous voir concourir... Même vous, oui, ajouta-t-il en gratifiant Jillian d'un regard faussement courroucé.

Côte à côte, Aaron et elle regardèrent le vieil homme s'éloigner de sa démarche digne et fatiguée.

— Je l'ai rencontré près de l'enclos des taureaux tout à l'heure, précisa-t-elle lorsqu'il fut hors de portée de voix. Je me demande s'il n'est pas venu à dessein pour me parler. Il a été très gentil.

— Peu de gens trouvent mon père « gentil ».

— Peu de gens ont eu un grand-père comme Clay.

Lorsqu'elle se tourna vers lui en souriant, Aaron ne put résister à la tentation de lui caresser la joue.

— Je sais que tu n'aimes pas que je te le dise, mais tu es très belle, Jillian.

Elle coula vers lui un regard presque frivole.

— Aujourd'hui, tout est permis. C'est jour de fête.

— Tu as envie de le passer avec moi ?

Aaron lui tendit la main, conscient que si elle acceptait de se montrer en public avec lui, cela représenterait de sa part une forme d'engagement.

Sans une hésitation, Jillian entrelaça ses doigts aux siens.

— On commence par le stand pâtisserie ou on visite le reste de la foire ?

Toute la matinée, ils se promenèrent côte à côte, déambulant entre les stands et assistant aux manifestations les plus variées. Le ciel était clair et lumineux ; la foule joyeuse et endimanchée. Les enfants se poursuivaient en riant ; des adolescents flirtaient avec l'insouciance propre à leur âge. Des vieillards mâchaient leur tabac en se racontant d'héroïques souvenirs inventés.

Aaron amena Jillian contre lui sur une impulsion et l'embrassa ouvertement. Aussitôt des applaudissements s'élevèrent derrière eux. Jillian croisa le regard amusé de deux cow-boys de son propre ranch.

— C'est jour de fête, non ? se justifia Aaron, apparemment très fier de lui.

Jillian le mesura des yeux.

— C'est un feu d'artifice que tu veux, Murdock ?

Jetant les bras autour de son cou, elle lui scella les lèvres avant qu'il puisse répondre. Si son baiser à lui avait été franc, joueur et amical, le sien fut voluptueux, prolongé et infiniment plus suggestif.

— Tu m'as manqué hier soir, Murdock, chuchota-t-elle avant de faire un pas en arrière et de lui tendre de nouveau la main.

Ebranlé, le souffle court, Aaron l'attrapa par les épaules.

— Tu as intérêt à finir ce que tu viens de commencer, Jillian.

— J'y compte bien.

Comme deux enfants libres, ils continuèrent de se divertir. Même si Jillian avait l'impression de se soustraire à ses devoirs, elle savourait chaque seconde passée ainsi dans l'exubérance et le plaisir. Il lui semblait que le ciel n'avait jamais été aussi bleu, qu'elle n'avait jamais ri avec autant d'insouciance.

A l'heure où le rodéo débuta officiellement, elle flottait dans un état d'euphorie proche de l'ivresse. Brandissant le ruban bleu gagné haut la main par son Hereford, elle se percha sur un tonneau pendant qu'Aaron, assis par terre, enfilait ses bottes d'équitation. Elle avait le sentiment que la chance était de nouveau de son côté, qu'elle était armée pour surmonter tous les obstacles.

Les cow-boys dans leur plus belle tenue s'étaient

déjà rassemblés pour préparer leur matériel. Le rodéo du 4 Juillet était l'occasion pour ces hommes habitués à une vie rude et souvent solitaire de présenter une selle joliment décorée, le classique pantalon de cuir appelé « chap » et un beau cheval bien entraîné. Sous le ciel d'un bleu implacable, l'excitation commençait à monter. Jillian se leva pour s'approcher de la barrière.

— Tu n'as jamais tenté de monter un taureau sauvage ? s'enquit Aaron en venant se placer à côté d'elle.

Elle abandonna la tête contre son épaule.

— Je pourrais me lancer mais j'ai la flemme, admit-elle. Je dédie cette journée à la paresse. J'ai vu que tu t'étais témérairement inscrit à l'épreuve de monte à cru sur cheval sauvage ?

Il hocha la tête.

— Tu t'inquiètes pour moi ?

Elle rit doucement.

— J'ai un baume très efficace pour soigner les contusions et les coups.

— Si c'est toi qui me l'appliques, je veillerai à faire quelques chutes. Cela dit, je peux me passer de concourir, murmura-t-il en penchant la tête pour lui mordiller la lèvre. Nous serions tranquilles au ranch. Et j'irais bien me baigner dans l'étang avec toi.

Avec un léger sourire, Jillian pressa les lèvres contre les siennes.

— Tout à l'heure, peut-être. Après le barbecue de ce soir.

Plutôt que de s'asseoir dans les tribunes avec les spectateurs, Jillian préférait se tenir près de la piste avec les autres concurrents. Elle aimait écouter les anciens évoquer leur gloire passée pendant qu'elle graissait son matériel. Des odeurs de barbecue flottaient dans l'air et les conversations roulaient avec l'accent marqué du terroir qui était propre à ces gens.

Non, jamais le reste de sa famille ne parviendrait à comprendre la passion que lui inspirait le Montana rustique. Ses parents et son frère ne seraient pas plus dans leur élément ici qu'elle-même ne l'était dans une loge d'opéra.

Dans des moments comme celui-ci, lorsqu'elle se sentait heureuse et intégrée, Jillian oubliait les tourments d'une adolescence marquée par une profonde insécurité intérieure. Longtemps, elle s'était crue déficiente, incomplète et parfois même « anormale ». Alors qu'elle était tout simplement différente.

Perdue dans ses pensées, Jillian s'accouda à la barrière, laissant Aaron converser avec Gil juste derrière elle. Tout se passa alors très vite.

Comme elle s'étirait en se massant les muscles du dos, elle entendit un rire enfantin. Quelque chose de rouge — un ballon — fila entre les montants de la barrière et alla rebondir sur le sol en terre battue. A la suite du jouet, un petit garçon se jeta en avant, se glissa sous le longeron et déboula dans l'arène.

Avant que la mère n'ait poussé son premier hurlement, Jillian avait déjà sauté par-dessus la barrière et se ruait à la suite de l'enfant. De loin, comme dans une autre dimension, elle entendit Aaron crier son nom.

Du coin de l'œil, elle vit le taureau tourner la tête et river son regard fou au sien. Le sang se glaça dans ses veines. Terrifiée, elle accéléra encore l'allure pour rattraper l'enfant. Sourde aux cris d'horreur qui s'élevaient dans la foule, elle sentit la terre trembler sous elle lorsque le taureau chargea. Utilisant son élan, elle se jeta en avant et plaqua le garçonnet au sol en tombant sur lui de tout son poids. Le taureau passa si près qu'elle sentit la chaleur de la masse d'air déplacée.

« Ne bouge pas, surtout. Evite même de respirer », s'ordonna-t-elle, en maintenant impitoyablement l'enfant sous elle, malgré ses pleurs paniqués. Elle n'osa même pas tourner la tête lorsqu'elle entendit crier tout près. Pour l'instant, elle avait échappé au pire, puisqu'elle n'était encore ni encornée ni piétinée.

Une bordée de jurons retentit juste au-dessus d'elle et quelqu'un l'attrapa par le bras.

— Tu n'es pas un peu folle, par hasard ?

Reconnaissant la voix, Jillian se détendit et se laissa remettre sur pied. Elle serait sans doute tombée si elle n'avait pas été maintenue par deux bras d'acier.

Elle leva les yeux sur le visage livide d'Aaron tandis qu'il la secouait sans ménagement par les épaules.

— Tu es blessée ? Tu as mal quelque part ? Réponds-moi, bon sang !

Sa tête tournait comme le jour où elle avait essayé sa première dose de tabac à chiquer. Elle sentit vaguement que quelqu'un lui saisissait la main. Dans un état second, elle vit la maman en larmes balbutier des remerciements pendant que le garçonnet sanglotait bruyamment dans les bras de son père.

Jillian fit un effort pour rassurer la mère, même si ses lèvres semblaient avoir le plus grand mal à se mouvoir.

— Il en sera quitte pour la peur. Même s'il risque d'avoir quelques bleus.

Aaron serra les lèvres pour ne pas recommander aux parents effarés de mettre leur affreux mouflet en laisse.

— Allez, ça suffit, maintenant. Je t'emmène aux urgences.

Jillian se sentait assaillie par des sensations étranges : cet océan de visages autour d'elle, la fureur inexplicable d'Aaron.

— Aux urgences ? protesta-t-elle faiblement. Mais je n'ai rien du tout.

— Ah, non ? Tu es suffisamment en forme pour que je t'étrangle, alors ?

Une ombre grise couvrit la lumière et elle secoua la tête. Dégageant sa main, elle redressa la tête.

— Fiche-moi la paix ! Je vais parfaitement bien,

déclara-t-elle une seconde avant que le sol ne se porte brutalement à sa rencontre.

Sa première sensation au réveil fut celle d'un linge dégoulinant sur son front. Elle fronça les sourcils, incommodée par l'eau qui lui dégouttait dans le cou. Ouvrant les yeux, elle vit Aaron approcher un verre de ses lèvres. Gil se tenait debout juste à côté et tripotait les bords de son chapeau.

— Elle a rien du tout, que je te dis, mon gars. Les filles, tu sais ce que c'est, ça te prend des vertiges pour un oui ou pour un non.

— Comme si tu en savais quelque chose, toi, Gil, marmonna-t-elle juste avant de prendre la gorgée du brandy qu'Aaron lui fit avaler de force.

Elle toussa, la gorge en feu. Mais le brouillard se dissipa devant ses yeux.

— Je ne me suis pas évanouie, au moins ? chuchota-t-elle, consternée.

— Si tu n'étais pas évanouie, cela y ressemblait beaucoup, aboya Aaron.

— Mais laissez donc cette enfant respirer, à la fin !

Au son de la voix calme et distinguée de Karen Murdock, la foule s'écarta comme la mer Rouge devant Moïse. La mère d'Aaron s'agenouilla à son côté et émit un petit claquement de langue désapprobateur en soulevant le linge trempé qu'on lui avait collé sur le front.

— Les hommes ne font jamais dans la nuance,

soupira-t-elle en essorant le tissu trempé. Ça va aller, Jillian ?

Avec une grimace de douleur, elle réussit à se mettre en position assise.

— Quand je pense que je suis tombée en syncope ! C'est ridicule.

— Tu crois que c'est le moment de t'inquiéter de ton image ? vociféra Aaron.

Jillian leva la tête en sursaut.

— Ecoute, Murdock…

— Je ne l'ouvrirais pas trop à ta place, la coupa-t-il en rebouchant son flacon d'alcool. Si tu tiens sur tes jambes, je te raccompagne. Allez, ouste ! On bouge d'ici.

— Un : je vais tout à fait bien. Deux : il est hors de question que je rentre chez moi.

Aaron voulut riposter mais Karen lui imposa silence d'un regard.

— Je suis certaine que tu es en pleine forme, Jillian. Le problème, c'est que tu es devenue la vedette du jour, tu comprends ? Tout le monde veut te porter en triomphe, te féliciter, te questionner sur ce qui s'est passé. Ils ne te laisseront pas une seconde de tranquillité si tu restes au rodéo.

Il n'en fallut pas plus pour paniquer Jillian.

— Dans ce cas, j'ai intérêt à m'éclipser, en effet. Mais tu peux rester, toi, Aaron. Je suis capable de…

Sans même lui laisser le temps de terminer sa

phrase, il lui attrapa le poignet et l'entraîna d'autorité vers son pick-up.

— Je ne sais pas quel est ton problème, Murdock. Mais rien ne m'oblige à accepter que tu te conduises comme ça avec moi, protesta-t-elle, furieuse en essayant en vain de se dégager.

— Ne dis rien, d'accord ? Je ne suis pas d'humeur à discuter.

L'allure courroucée d'Aaron dissuada efficacement tous ceux qui auraient pu être tentés de venir leur parler. Parvenu au camion, il ouvrit la portière et la déposa comme un paquet de linge sale sur le siège passager. Son chapeau sur les genoux, Jillian serra les lèvres, déterminée à ne pas ouvrir une seule fois la bouche pendant le temps que durerait le trajet.

Et dire que la journée avait si bien commencé. Mais il avait suffi d'un malheureux incident pour que tout s'effondre. Non seulement elle n'aurait pas l'occasion de briller dans la capture du veau au lasso, mais elle manquerait également le barbecue du soir où elle aurait pu récolter les honneurs de son ruban bleu. Au lieu de faire la fête, elle rentrait piteusement dans son ranch solitaire avec les muscles en compote et le dos fracassé.

Et, pour couronner le tout, Aaron la traitait comme une criminelle patentée. Qu'avait-elle donc commis de si effroyable ? Ce n'était pas lui qui avait eu la frayeur de sa vie en se faisant charger par un taureau furieux. Elle avait déchiré son « chap » tout neuf ;

ses coudes et ses genoux étaient en sang. Et techniquement parlant, elle avait quand même sauvé la vie de ce gamin, non ?

Alors pourquoi Aaron roulait-il comme un fou furieux, le regard rivé droit devant lui, comme si elle s'était mal conduite ?

— A force de lever le menton comme ça, tu vas t'attirer de sérieux ennuis un de ces quatre, Jillian.

Elle tourna lentement la tête pour lui jeter un regard noir.

— Dis-moi, puisque visiblement tu as un problème, Murdock, tu pourrais peut-être cracher le morceau ? Je ne suis pas d'humeur à supporter tes remarques fielleuses.

Pour toute réaction, il freina abruptement et immobilisa le pick-up sur le bas-côté. Toujours sans un mot, il ouvrit sa portière à la volée, descendit du camion et la planta là pour fouler au pas de charge l'herbe haute d'un pré.

Les nerfs à vif, Jillian sauta du pick-up à son tour et se lança à sa suite.

— Mais qu'est-ce qui te prend, à la fin ?

— Fiche-moi la paix, Jillian.

Aaron serra les poings. Il lui fallait de la distance. Etre seul un moment. Et échapper au retour torturant de cette seule image obsédante : le corps à terre de Jillian et le taureau se ruant sur elle, cornes baissées. S'il avait manqué son but au lasso…

Il avait fallu trois cordes bien placées et la force

de plusieurs hommes pour détourner *in extremis* l'animal en furie de la femme et de l'enfant allongés. *Il aurait pu la perdre pour toujours. Il s'en était fallu d'un cheveu.*

Elle l'intercepta au pas de course et l'attrapa par les pans de sa chemise.

— Je t'interdis de me parler sur ce ton, tu m'entends ? J'en ai plus qu'assez de ton caractère tordu et de tes humeurs de chien. Alors vis ta vie, Murdock. Et oublie que j'existe !

Bien décidée à instaurer entre eux une distance définitive, elle rebroussa chemin pour regagner la route. Mais elle n'avait pas fait deux pas lorsque Aaron la rattrapa par les épaules et la fit pivoter vers lui. Il la prit dans ses bras et serra fort. Si fort même qu'elle crut qu'il allait la broyer.

Folle de colère, elle se débattit comme une chatte furieuse. Mais Aaron se contenta de raffermir son étreinte. Ce n'est que lorsqu'elle cessa un instant de lutter pour rassembler ses forces que Jillian s'aperçut qu'il tremblait et que sa respiration était rapide et saccadée.

Il était hors de lui, oui. Mais son émotion n'était pas de la rage. Sans trop savoir de quoi elle le consolait, Jillian lui caressa le dos.

— Aaron ? chuchota-t-elle doucement.

Secouant la tête, il s'enfouit le visage dans ses cheveux. Et comprit que, pour la première fois en trente ans, il était à deux doigts de s'effondrer. Ce n'était pas de solitude et de distance qu'il avait eu besoin, d'ailleurs. Mais de la tenir contre lui. De la sentir vivante, solide et en sécurité dans ses bras.

— C'est trop dur, ce que tu m'as fait, Jillian, lâcha-t-il d'une voix rauque et cassée.

Contrite, elle continua à lui masser le dos, même si elle n'avait toujours pas la moindre idée de ce qu'elle avait pu lui infliger.

— Je suis désolée, murmura-t-elle à tout hasard.

— Les cornes sont passées tellement près… J'ai cru qu'il t'avait touchée. J'étais fou.

Le taureau, songea Jillian. C'était la peur qu'il avait eue pour elle qui l'avait mis dans cet état. Elle sentit son cœur fondre.

— Tout s'est bien terminé, Aaron. Ce n'était pas aussi impressionnant que cela a pu t'apparaître de loin, murmura-t-elle en posant la joue contre sa poitrine.

— De loin ?

Il lui saisit le visage entre les mains.

— J'étais juste à quelques pas derrière lui lorsque j'ai réussi à le rattraper au lasso. A deux secondes près, il t'encornait et te soulevait comme un trophée.

Les yeux levés vers lui, elle déglutit.

— Je… je ne savais pas.

Aaron vit le sang se retirer de son visage. Se traitant mentalement de tous les noms d'oiseaux, il lui prit les deux mains et les porta tour à tour à ses lèvres.

— Tu es saine et sauve, c'est l'essentiel. J'ai réagi un

peu violemment, s'excusa-t-il en se forçant à sourire. Mais je n'aurais pas aimé te récupérer toute trouée.

Jillian sourit faiblement.

— Ça aurait fait désordre, n'est-ce pas ?

Il se pencha sur ses lèvres et lui prodigua un baiser comme jamais encore ils n'en avaient échangé. Il y avait une qualité particulière, soudain, dans la façon dont il la tenait dans ses bras… quelque chose d'à la fois doux et brûlant sur lequel elle ne parvenait pas à mettre un nom.

Aaron comprit que le moment était venu de lui parler de ce qu'il ressentait — qu'elle soit prête à l'entendre ou non. Mais pas maintenant, au milieu de ce pré inconnu.

Puisque l'expérience était destinée à rester unique, il lui avouerait son amour dans les règles de l'art. Glissant un bras autour de sa taille, il l'entraîna vers le camion.

— Tu vas commencer par te détendre dans un bain chaud, déclara-t-il en la soulevant pour la poser délicatement sur le siège passager. Puis je te préparerai à manger et nous dînerons aux chandelles.

Avec un large sourire, Jillian se renversa contre son dossier.

— Finalement, je me demande si je ne vais pas m'évanouir plus souvent.

Chapitre 11

En arrivant au ranch, Jillian était pleinement réconciliée avec la perspective de passer le reste de la journée chez elle. Et tant pis s'ils manquaient le feu d'artifice en ville. Ils trouveraient le moyen de s'éblouir à leur façon. Aaron paraissait déterminé à la dorloter et elle avait la ferme intention de le laisser faire. C'était la première fois, après tout, que quelqu'un se montrait aux petits soins avec elle. Enfant, elle avait eu une santé de fer et un moral à toute épreuve. Ni son père ni sa mère n'avaient jugé utile de bichonner leur fille. Quant à Clay, il avait toujours traité ses plaies et ses bosses par le dédain.

Si Aaron voulait la câliner, la choyer et s'inquiéter de ses égratignures, elle était prête à tenter l'expérience. Surtout s'il recommençait à l'embrasser comme il l'avait fait tout à l'heure, dans le pré.

Un calme profond régnait dans le ranch. Le personnel au grand complet était à la fête — femmes et enfants compris. Avec un sentiment d'étrangeté, Jillian regarda autour d'elle.

— Je crois que c'est la première fois que je me trouve seule ici. D'habitude, il y a toujours au moins quelqu'un dans le dortoir, dans la salle de repas ou aux cuisines. Sans parler des allées et venues des femmes de cow-boy qui étendent le linge ou travaillent dans le jardin avec leurs enfants. C'est un peu comme un village, un ranch, en somme.

Aaron lui prit les mains.

— C'est important, pour toi, d'avoir un lieu qui se suffit à lui-même ?

— L'indépendance est la clé de notre survie, non ? La moindre tempête de neige en hiver peut nous couper du monde pendant des semaines. Et puis j'aime bien l'ambiance. Je suis contente qu'une partie de mon personnel soit stable et vive à Utopia avec femme et enfants.

Une impression bizarre tenaillait Jillian, comme s'il manquait quelque chose dans le paysage. Sourcils froncés, elle balaya les lieux du regard. Mais ne détecta rien d'anormal.

Avec un haussement d'épaules, elle se tourna vers Aaron et souleva le bord de son chapeau.

— Quand tu m'as parlé de bain tout à l'heure, tu ne m'as pas proposé de me frotter le dos, je crois.

— Je ne t'ai rien promis, c'est vrai. Mais si tu te montres persuasive, je me laisserai peut-être convaincre.

Elle lui passa les bras autour du cou et renifla son odeur avec délice — un mélange de colophane, de cheval et de savon pour cuir.

— Je t'ai déjà dit que j'avais des douleurs partout ? précisa-t-elle dans un murmure.

— Pas encore, non.

— Et que j'avais quelques égratignures vraiment cuisantes ?

Il sourit.

— Et tu aimerais des bisous pour soulager tes bobos, c'est ça ?

Avec un petit soupir, elle lui mordilla l'oreille.

— Si ce n'est pas trop te demander.

Il entreprenait de la pousser en douceur vers la porte d'entrée lorsque Jillian poussa une exclamation sourde et s'échappa de ses bras pour traverser la cour en courant. Jurant tout bas, il se lança à sa suite.

Comment avait-elle pu ne pas s'en rendre compte tout de suite ? Courant jusqu'au paddock, elle le trouva vide. Totalement et entièrement vide. Les poings serrés, elle contempla le biberon qu'elle avait laissé accroché à la barrière.

— Que se passe-t-il, Jillian ?

— Ils m'ont pris Petite Boule. Ici. Dans ma cour. A deux pas de chez moi.

— Tu es sûre ? Un de tes hommes l'a peut-être rentré dans la grange avant de partir ?

Mais Jillian secoua la tête.

— Ça ne leur a pas suffi de me prendre cinq cents de mes bêtes. Il a aussi fallu qu'ils me volent mon taurillon. J'aurais dû accepter lorsque Joe m'a proposé de rester. Mieux même, il aurait fallu que je monte la garde moi-même.

Aaron lui posa une main sur l'épaule.

— Avant toute chose, allons vérifier s'il n'est pas tout simplement dans l'étable.

Elle leva vers lui un regard éteint.

— Petite Boule n'est pas ici, Aaron. Je ne peux pas te dire comment je le sais, mais je le sais.

L'attitude résignée de Jillian lui fendit le cœur. Il aurait encore préféré qu'elle hurle ou qu'elle pleure.

— On commence par faire le tour des lieux pour nous assurer que rien d'autre n'a disparu. Puis on appellera le shérif.

— Le shérif, oui, répéta-t-elle avec un petit rire sans joie.

— Jillian, murmura-t-il en l'attirant dans ses bras.

Mais elle se dégagea aussitôt.

— C'est d'accord, Aaron. Je n'ai pas l'intention de m'effondrer, cette fois. Je ne leur donnerai pas cette satisfaction.

Il lui effleura les cheveux.

— Fais le tour de la grange, alors. Je vais voir les étables.

Par acquit de conscience, Jillian fit ce qu'il lui demandait. Mais elle savait qu'elle trouverait la stalle vide. Elle fixa les minuscules particules de foin et de poussière qui tournoyaient dans un rayon de lumière. Quelqu'un lui avait pris le taurillon auquel elle avait eu la faiblesse de s'attacher.

Mais, d'une façon ou d'une autre, cette fois, elle trouverait le coupable.

Lorsque Aaron la rejoignit quelques minutes plus tard, les mots furent inutiles. Côte à côte et en silence, ils pénétrèrent dans la grande maison. Tout en préparant le café, Aaron tendit une oreille admirative pendant qu'elle téléphonait au shérif. La voix de Jillian était calme et ferme. Alors qu'il savait pertinemment à quel point elle était attachée au taurillon qu'elle avait élevé au biberon.

Tout en allant et venant dans la cuisine, Aaron songea que les voleurs avaient commis une erreur en volant le jeune veau. Qu'espéraient-ils en faire, au juste ? Le vendre comme viande de boucherie ? Le jeu n'en valait pas la chandelle, à un âge aussi précoce.

D'un autre côté, quel rancher de la région accepterait d'acheter un taurillon Hereford aussi facilement identifiable ? Le ou les personnes qui avaient dérobé Petite Boule s'étaient mises dans une situation quasi impossible. Avec un peu de chance, ils commettraient une nouvelle imprudence qui permettrait au shérif de les repérer et de les arrêter.

Il tendit un café à Jillian, qui l'accepta d'un signe de tête tout en poursuivant sa conversation téléphonique avec le shérif. Aaron se dirigea vers la fenêtre en se demandant comment un homme était censé s'y prendre pour aimer une femme dotée d'une pareille force de caractère.

— Il a promis de faire son possible, annonça-t-elle en reposant le combiné. Demain, je retourne au siège de l'Association des éleveurs. Et j'ai l'intention de taper du poing sur la table. Puisque ces types courent toujours, ils ne vont pas s'arrêter là. Et ils ne limiteront pas forcément leur champ d'action à Utopia. Il faut que les autres éleveurs se mettent dans la tête que ça peut leur tomber sur le coin de la figure à tout moment.

Elle finit son café d'un trait et le posa sur la table.

— Cela dit, nos voleurs sont allés trop loin, cette fois, Aaron. Ils se sont moqués de moi en prenant mon taurillon sous mon nez. Et ça va leur retomber dessus d'une façon ou d'une autre.

Aaron ne put s'empêcher de sourire.

— Je crois que si les voleurs de bétail te voyaient en cet instant, ils prendraient leurs cliques et leurs claques et disparaîtraient de l'autre côté de la frontière sans demander leur reste.

A la grande stupéfaction de Jillian, elle réussit à lui rendre son sourire.

— Merci.

— Tu as faim ?

Elle fit la moue.

— Je ne sais pas trop, en fait.

Il lui ébouriffa les cheveux.

— Va prendre ton bain. Je trouverai bien quelque chose dans le frigo.

Jillian fit spontanément un pas dans sa direction

et lui passa les bras autour de la taille. Comment avait-il deviné qu'elle avait besoin de se retrouver seule quelques instants ? Avec elle, il avait une faculté vraiment étonnante à poser les bons actes au bon moment.

— Pourquoi es-tu si merveilleux avec moi, Aaron ?

— Dieu seul le sait. Va donc dénouer tes muscles martyrisés dans l'eau chaude.

Jillian lui pressa un baiser sur les lèvres en se demandant comment lui exprimer sa gratitude. Il avait eu la délicatesse de lui laisser du temps pour elle sans l'abandonner pour autant.

Retirant ses vêtements déchirés, elle fit la grimace en découvrant ses ecchymoses. Mais elle était consciente que ses bleus à l'âme seraient plus longs à s'atténuer que ceux qu'elle avait sur la peau. En se montrant incapable de protéger son bétail, elle avait trahi la confiance que Clay lui avait accordée. Si seulement son grand-père avait été encore en vie pour lui passer un bon savon, elle aurait pu rager et tempêter à son tour et l'affaire aurait été réglée.

Mais comme il n'était pas là pour lui hurler dessus, il ne lui restait plus qu'à serrer les dents et à essayer de trouver des solutions. Qui avait pu dérober son veau sous son nez ? L'un de ses propres employés ? C'était tout à fait possible, malheureusement. Quoi de plus simple que de reculer un camion jusqu'au paddock, de charger Petite Boule et de filer ?

Cela dit, rien ne l'empêchait de mener discrètement

l'enquête. Même si le shérif faisait ce qu'il avait à faire, il ne lui était pas interdit de poser quelques questions de son côté. Ne serait-ce que pour s'assurer que l'un de ses hommes n'avait pas brillé par son absence à la foire.

Pauvre Petite Boule. Il n'y aurait plus personne, désormais, pour le gratter derrière l'oreille et lui murmurer des paroles d'affection. Le cœur lourd, Jillian ferma les yeux et se détendit dans son bain en faisant le vide dans son esprit.

Au bout d'une heure, l'eau chaude avait fait des miracles. Ses muscles endoloris avaient recouvré leur souplesse. Et la tristesse et le découragement avaient disparu avec l'eau du bain.

Ragaillardie, Jillian enfila un jean et une chemise propres et redescendit dans la cuisine. Attirée par les arômes qui s'élevaient des fourneaux, elle alla soulever le couvercle de la cocotte. Et inspira avec délice les fumets d'un chili con carne.

Cette fois, il n'y avait plus aucun doute : elle avait l'estomac dans les talons.

— Aaron ?

Mais il n'était nulle part en vue. Elle prit une cuiller et commença à remuer. Au bout de quelques minutes, elle décida qu'il n'était pas interdit de goûter pour s'assurer que le plat était assez assaisonné.

— Ma mère me donnait toujours une claque sur la main lorsque je faisais ça, commenta Aaron.

Elle laissa retomber le couvercle avec fracas.

— Tu m'as fait une peur bleue, Murdock. J'ai cru que…

Alors seulement, elle vit les fleurs qu'il tenait à la main. La plupart des hommes qu'elle connaissait auraient eu l'air ridicule en se présentant ainsi, bouquet au poing. Mais bizarrement, ce n'était pas le cas pour Aaron. Au contraire même, il lui parut plus séduisant que jamais.

Aaron nota que Jillian avait les deux mains nouées dans le dos. Elle paraissait décontenancée, presque empruntée. S'il avait su qu'il suffisait de quelques sauges sclarées et d'une dizaine de brins de sainfoin pour troubler Jillian Baron, il aurait écumé les prés plus tôt.

Il se pencha pour lui embrasser les coins de la bouche.

— Tu ne veux pas de mes fleurs, Jillian ?

— Si, si… Bien sûr.

Se forçant à dénouer ses doigts crispés, elle prit le bouquet.

— Merci. Elles sont très jolies.

— L'odeur des fleurs sauvages me rappelle celle de tes cheveux.

Comme elle lui jetait un regard méfiant, il secoua la tête.

— C'est la première fois que quelqu'un t'offre des fleurs ?

Pas la première fois, non. Il y avait eu les livraisons

du fleuriste cinq ans auparavant. Accompagnées d'un billet doux.

— J'ai déjà eu des roses rouges, répondit-elle avec un haussement d'épaules.

Au son de sa voix, Aaron comprit qu'il avançait en terrain miné. Enroulant une mèche de ses cheveux autour d'un doigt, il fit la moue.

— Des roses ? Ce sont des fleurs beaucoup trop civilisées pour toi.

Jillian baissa le nez sur le bouquet aux couleurs audacieusement mêlées.

— Dans le temps, je pensais qu'avec un peu d'effort je pourrais devenir une jeune femme rangée, admit-elle à voix basse.

Il lui souleva le menton.

— C'était ce que tu désirais ?

— Ce que je *croyais* désirer, en tout cas. Et j'étais prête à tout pour y arriver.

— Tu étais amoureuse de lui, alors ?

Pourquoi il creusait la blessure ainsi, il n'aurait su le dire. Une force qu'il ne parvenait à contrôler le poussait à l'interroger sans merci.

— Aaron…

— Tu l'aimais, Jillian ?

Avec des gestes d'automate, elle entreprit de verser de l'eau dans un vase.

— J'étais très jeune, à l'époque. Et il avait beaucoup de points communs avec mon père. C'était sans doute une façon indirecte pour moi de me faire accepter par ma famille.

Aaron découvrit que la jalousie avait un goût amer.

— Cela ne répond pas à ma question.

D'une main légèrement tremblante, Jillian arrangea les fleurs dans le vase.

— Je ne suis pas certaine de connaître la réponse. Nous devrions manger, non ?

Jillian ne résista pas lorsqu'il posa les mains sur ses épaules. Un instant, elle eut peur qu'il ne lui dise quelque chose de gentil. Mais il l'attira contre lui et l'embrassa avec un emportement inattendu. Nouant les bras autour de sa taille, elle répondit à son baiser avec une égale ardeur.

— Dépêchons-nous de dîner, suggéra Aaron. Ça fait des heures que j'ai envie de faire l'amour avec toi.

— Mmm… Le repas peut attendre, non ?

Il rit doucement et enfouit les lèvres dans son cou.

— Pas question. Quand je cuisine pour une femme, elle mange… Va me chercher deux assiettes.

Elle fit ce qu'il lui demandait et sortit deux bières du réfrigérateur.

— Lorsque tu en auras assez de tenir un ranch, Aaron, je t'embaucherai comme cuisinier… Oups ! s'exclama-t-elle après avoir avalé sa première bouchée. Tu n'y as pas été de main morte avec les piments.

— C'est pour départager les hommes des blancs-becs. C'est trop épicé pour toi ?

Elle lui jeta un regard de dédain et prit une seconde bouchée.

— Rien n'est trop épicé pour moi, Murdock.

Jillian dîna avec autant d'appétit que lui et ils terminèrent leur assiette ensemble.

— Extraordinaire, commenta-t-elle.

— Tu veux que je te resserve ?

— Franchement, non, ça ira. Je tiens à ma peau.

— Nous avions un contremaître mexicain quand j'étais gamin. J'ai passé des mois en montagne avec lui, quand on convoyait le bétail en été. Et il m'a tout appris. Y compris à faire la cuisine et à jouer au poker.

Fascinée, elle posa les coudes sur la table.

— Il faudra que nous organisions une partie un de ces quatre… Je compte sur mes talents de joueuse de poker pour déstabiliser mes voleurs de bétail, déclara-t-elle en se levant pour débarrasser la table. Je suis sûre qu'il y en a un qui va se couper à un moment ou à un autre. Ils sont allés trop loin, cette fois.

Aaron arpenta la cuisine pendant qu'elle faisait couler l'eau dans l'évier.

— J'aimerais t'aider, Jillian. En t'offrant les services d'un détective privé, par exemple.

Touchée, elle se retourna pour le prendre dans ses bras.

— Tu m'as déjà aidée. Et je ne l'oublierai jamais.

— Je pourrais te déléguer quelques-uns de mes

hommes pour qu'ils fassent des patrouilles régulières dans tes pâturages.

— Aaron…

— Tu crois que c'est facile pour moi d'être là, sans rien faire, à te regarder te débattre avec tes problèmes ?

Elle tenta de se concentrer sur ses paroles, mais il lui était difficile de réfléchir alors qu'il l'embrassait déjà à perdre haleine. Chaque fois qu'il la touchait, elle perdait pied presque aussitôt. Le désir sauvage qu'il suscitait en elle était à la fois aliénation et délivrance. Aaron l'aidait à libérer la femme passionnée qui se dissimulait en elle. Mais alors même qu'il la révélait à elle-même, il l'enfonçait toujours plus loin dans le manque et la dépendance. Et elle se sentait sans recours face à la force d'attirance démesurée qui la jetait dans ses bras.

« C'est au moins une chose que je peux faire pour elle, songea Aaron : l'aider à oublier. » Si elle avait eu la force de le repousser, toutefois, Jillian l'aurait également tenu à distance de son lit. Elle avait été blessée en amour par cet homme qui ressemblait à son père. Et ses élans restaient bridés, sa confiance hésitante.

Frustré de se heurter encore et toujours à cette part de refus en elle, il se pencha pour lui placer un bras sous les genoux et la souleva contre lui. Lorsqu'ils faisaient l'amour, au moins, elle était sienne sans réserve.

— J'ai envie de toi, chuchota-t-elle contre ses lèvres.

Violemment troublé, il se laissa tomber avec elle sur le canapé, sans détacher un instant sa bouche de la sienne. Jillian rit doucement lorsqu'il jura en se débattant avec ses vêtements. Le désir qui les jetait l'un vers l'autre était pur et sans ombres. Elle le sentait vibrer et circuler entre eux avec une intensité égale. Lorsqu'ils faisaient l'amour, il n'y avait ni serviteur ni maître, ni dominant ni dominé.

Aujourd'hui, Aaron était insatiable et elle se laissait aller, s'abandonnait à lui en confiance. Chaque caresse, chaque baiser lui ouvrait de nouvelles portes, révélait de nouveaux espaces de plaisir. Aaron lui offrait une liberté encore plus échevelée que celle qu'elle trouvait en chevauchant à bride abattue dans les prés.

Il lui apportait à la fois la douceur et le feu ; l'emportement et la tendresse. Et elle gémit en découvrant à quel point ces dons lui étaient précieux.

Seulement lorsqu'elle fit entendre ce léger son plaintif, Aaron se souvint qu'elle avait le corps couvert de bleus. Il secoua la tête, s'efforçant de chasser les brumes qui obscurcissaient ses pensées.

— Je te fais mal.

— Non, protesta-t-elle en l'attirant de nouveau contre elle. Tu ne me fais jamais mal. Je ne suis pas fragile, Aaron.

— Tu crois ?

Il se redressa pour examiner son visage et contempla l'ossature délicate, la peau couleur de miel qui gardait sa douceur, malgré l'impitoyable rigueur du climat. Mais, avant tout, il voyait les traces de vulnérabilité qui apparaissaient et disparaissaient dans son regard.

— Tu veux que je te montre la fragilité qu'il y a en toi ?

— Aaron…

Mais, déjà, il lui caressait le visage avec une douceur infinie, comme si sa peau avait été un papier de soie qu'il aurait craint de déchirer. Il lui murmurait des paroles si tendres et si légères qu'elles agissaient sur elle comme une drogue. Son corps devenait lourd, si lourd qu'il s'enfonçait inexorablement dans les coussins du canapé. Elle aurait voulu le toucher à son tour, mais l'état dans lequel il l'avait plongée était proche de la transe. Chaque fois que ses lèvres la faisaient frissonner, Aaron la ramenait de nouveau vers le flottement, l'indolence, le plaisir sans urgence.

Ils virent la lumière basculer peu à peu, les ombres s'allonger dans le séjour. Mais le temps semblait tourner au ralenti, comme si le grand sablier de la vie avait lui-même été saisi de torpeur. Jamais elle ne s'était sentie avec Aaron comme elle se sentait aujourd'hui. Comme si leurs deux corps qui se mêlaient doucement tissaient entre eux des fils d'éternité.

Après l'amour, Aaron se redressa en l'entraînant avec lui.

— Tu avais l'air presque évanouie, murmura-t-il avec une infinie tendresse.

Profondément troublée par la forme nouvelle d'abandon qui avait marqué leurs étreintes, Jillian releva les cheveux qui lui tombaient sur les yeux.

— C'est la première fois que ça se passe comme ça, murmura-t-elle.

Emu, il se pencha sur ses lèvres.

— On recommencera.

Tentée de se raccrocher à lui et d'en demander encore, Jillian prit peur. Et si c'étaient les spectres de la dépendance qu'elle voyait se rapprocher à grands pas ? Effrayée à l'idée qu'elle pourrait bientôt ne plus rien maîtriser, elle se dégagea du cercle de ses bras et enfila sa chemise.

— Tu es quelqu'un de surprenant, Aaron Murdock. Chaque fois que j'ai l'impression d'avoir compris qui tu étais vraiment, tu montres une nouvelle facette de toi-même.

Il l'attrapa par les pans de sa chemise et la ramena à lui.

— Et c'est grave, docteur ?

Avec un léger rire, elle lui embrassa le dos de la main.

— Peut-être pas, non. Mais j'ai du mal à te cerner.

— Et tu tiens absolument à faire le tour complet de ma personnalité ?

— Je suis quelqu'un de simple, Aaron.

Il secoua la tête.

— *Simple*, toi ? Tu plaisantes ?

— Ne te moque pas de moi, protesta-t-elle, mi-sérieuse, mi-embarrassée. Dans une situation donnée, j'aime bien savoir où j'en suis, quelles sont les options qui s'offrent et ce qu'on attend précisément de moi. Tant que je sais que je peux faire mon boulot et gérer les choses au mieux, je suis satisfaite.

Tout en enfilant son jean, Aaron lui jeta un regard pensif.

— Ton travail est vital à ce point pour toi ?

— Mon travail est tout ce que je sais faire, dans la vie. Avec la terre, je suis dans mon élément.

— Et avec les êtres humains ?

— Avec les gens, je suis moins à l'aise. Sauf avec les rares personnes que je parviens à comprendre.

Sa chemise encore ouverte flottant derrière lui, Aaron s'avança vers elle.

— Et je fais partie de la catégorie que tu ne comprends pas ?

— Ça dépend des moments. Quand on se dispute, j'ai l'impression de bien capter qui tu es. Mais dans d'autres circonstances…

— Dans d'autres circonstances ? insista Aaron en lui saisissant les épaules.

Jillian détourna les yeux. Elle avait l'impression d'avancer en terrain mouvant mais ne savait plus comment rebrousser chemin.

— Je ne m'attendais pas à ce qu'entre toi et moi

ça prenne de telles proportions, admit-elle, le cœur battant.

Il la sentait remuée, indécise — luttant pour afficher une assurance qu'elle était loin de ressentir. Il prit une profonde inspiration.

— Je t'ai désirée dès le premier instant où je t'ai vue arriver au grand galop près de l'étang. Mais même lorsque tu t'es donnée, cela ne m'a pas suffi. Je voulais plus de toi… Ta douceur m'a surpris, tes fragilités me vont droit aux tripes. Tu touches quelque chose de fort en moi.

— Aaron, protesta-t-elle.

Mais, à présent qu'il était lancé, il refusait de se laisser arrêter.

— Je pense à toi tout le temps, Jillian. De jour comme de nuit. Je suis obsédé par la façon dont tu soupires mon nom quand nous faisons l'amour.

— Non, s'il te plaît…

Saisie de tremblements, elle se rejeta en arrière.

— Pourquoi « non » ? J'ai besoin de te dire les choses… Je ne peux pas garder la vérité au fond de moi indéfiniment… Je t'aime, Jillian.

La panique la submergea. Sur la défensive, elle répondit d'une voix coupante.

— Tu n'es pas obligé de me sortir ce genre de truc. Ce n'est pas ce que j'ai envie d'entendre.

Sa réaction le coupa net dans son élan. Choqué et en colère, il la secoua par les épaules.

— Parce que je suis censé ne te dire que ce que tu as *envie* d'entendre, Jillian ?

Elle se mordit violemment la lèvre. Si elle n'avait pas été aussi fière, elle lui aurait expliqué à quel point ce « je t'aime » machinal — parole creuse par excellence — avait le pouvoir de la faire souffrir.

— Aaron, je t'ai déjà dit que je n'aimais pas les déclarations de tendresse. Ce qu'il se passe entre nous…

Il s'était attendu à tout, sauf à un rejet aussi froid, aussi catégorique. Pour la première fois, il parlait d'amour à une femme. Et elle se transformait sous ses yeux en une statue de glace.

— Oui, parlons-en, de ce qu'il se passe entre nous, lâcha-t-il en désignant le canapé où ils venaient de s'étreindre. Ça s'arrête à ça pour toi, Jillian ?

Effrayée par sa soudaine violence, elle se passa la main dans les cheveux.

— Je croyais que c'était ce que tu voulais de moi, balbutia-t-elle. Je suis désolée, mais je ne peux pas te donner plus que ce que nous avons partagé jusqu'ici. Pour moi, c'est déjà énorme.

Lentement, Aaron desserra les doigts qu'il tenait crispés sur son poignet. Jillian et lui se ressemblaient sur bien des points. Et, en matière d'orgueil, ils n'avaient rien à envier l'un à l'autre.

Tout en boutonnant sa chemise, il lui jeta un regard désenchanté.

— Je connais des femmes qui n'ont pas accès

au plaisir physique, mais chez toi, c'est le cœur qui est frigide, Jillian. Si tout ce qui t'intéresse dans la vie, c'est de t'envoyer en l'air de temps en temps, tu ne devrais pas avoir trop de difficulté à trouver un partenaire. Pour ma part, je préfère une relation un peu plus humanisée.

Plus immobile qu'une statue, elle le regarda se diriger vers la porte. Le moteur du pick-up ronfla. Au moment où le camion disparut de sa vue, le soleil glissa au-dessous de l'horizon et l'ombre se referma sur les terres d'Utopia.

Chapitre 12

Au campement, Aaron commençait à travailler tôt le matin et terminait tard le soir. Il ne s'accordait aucun répit, chevauchant sans trêve jusqu'à ce que ses muscles malmenés crient grâce. Il traquait inlassablement le bétail égaré, ingurgitait plus de poussière que de nourriture solide et passait ses soirées dans une solitude farouche à boire bière sur bière.

Trois semaines durant, il fut d'une compagnie exécrable. Ses hommes échangeaient des conciliabules à voix basse dès qu'il avait le dos tourné. On eut tôt fait, d'ailleurs, de se rendre à l'évidence : les Murdock n'avaient jamais été commodes, mais seule une femme avait pu mettre Aaron dans un état pareil. Ne l'avait-on pas vu bras dessus bras dessous avec la petite Baron, le jour de la fête nationale ? D'aucuns, semblait-il, les avaient même surpris en train de s'embrasser à pleine bouche.

Et l'idylle, comme par hasard, s'était soldée par un échec. Quoi d'étonnant alors qu'un siècle de rivalités et de haines tenaces opposait les Baron et les Murdock ? Les deux ultimes rejetons de ces grandes familles ennemies s'étaient peut-être mis dans l'idée qu'ils pourraient déjouer la fatalité. Mais le piteux résultat d'un tel projet ne surprenait personne.

Aaron ignorait les commentaires qui se chuchotaient dans son dos. Il était monté au campement pour s'abrutir de travail. Et il continuerait ainsi jusqu'à guérison complète de cette maladie que certains appelaient « amour ».

Il était hors de question qu'il rampe et qu'il supplie. Il avait fait part de ses sentiments à Jillian et elle les lui avait jetés froidement à la figure.

Pas intéressée, lui avait-elle dit en termes clairs.

Suant à grosses gouttes, Aaron enfonça un nouveau piquet de clôture dans le sol aride et fixa le fil à l'aide d'un tendeur et de crampons. Jillian était peut-être la première femme qu'il avait aimée. Mais cela ne signifiait pas qu'elle serait la dernière. Soulevant la masse, il assena un coup violent sur un second piquet en cèdre. Aurait-il dû s'y prendre différemment pour lui parler de ses sentiments ? Faire preuve de plus de subtilité ?

Mais pour lui tenir de beaux discours, encore aurait-il fallu qu'il soit en pleine possession de ses moyens. Il lança un chapelet d'obscénités en continuant à s'acharner sur sa clôture. Comment avait-il pu s'aveugler au point de voir en elle une femme fragile et douce ? Jillian Baron n'avait pas une once de vulnérabilité en elle. C'était une fille dure et froide qui s'intéressait plus aux bêtes qu'aux êtres humains.

Et pourtant, même après trois semaines de séparation, son amour pour elle restait intact. Loin de s'atténuer, il semblait même s'exacerber, au contraire. Il serra le barbelé si fort qu'il lui entailla la peau à travers le cuir de son gant. Aaron jura avec force.

Il lui restait ses terres, pourtant. Les pâturages du Double M s'étiraient jusqu'à l'horizon sous le ciel d'un bleu implacable. Dans quelques semaines, ils rassembleraient le bétail et le conduiraient jusqu'à Miles City pour la foire. Et là, ce serait la fête pour tous.

Y compris pour lui, se jura Aaron en descendant de cheval à l'approche de la nuit. Il alla se laver à la rivière puis revint au campement. Son dîner fut avalé en trois bouchées. Laissant ses compagnons à leur partie de poker, il prit une provision de bières et sortit s'asseoir sur les marches de bois devant le chalet rudimentaire qui servait de dortoir à l'équipe.

Les étoiles se levaient une à une. Un coyote solitaire aboya longuement à la lune. Sa bouteille à la main, Aaron cessa de lutter contre les images obsédantes qui se télescopaient dans sa tête : Jillian tout habillée dans l'étang qui l'invectivait avec superbe ; Jillian chuchotant des mots tendres à son taurillon nouveau-né ; Jillian pleurant dans ses bras à l'entrée du canyon ; Jillian nue entre les draps défaits, abandonnée et consentante.

Tellement consentante…

Non, elle n'était ni simple ni commode. Mais c'était la seule femme pour qui il était prêt à tout —

même à souffrir. Aaron prit une gorgée de bière. Et décida qu'il avait assez perdu de temps comme cela à broyer du noir. Les affres des amours impossibles, il les laissait aux poètes et aux masochistes. Pour sa part, il préférait l'action à la résignation.

Jillian lui avait peut-être dit qu'elle ne voulait pas entendre parler de ses sentiments pour elle. Mais il avait eu amplement l'occasion de vérifier qu'elle n'y était pas indifférente pour autant. Pour la première fois, depuis trois semaines, Aaron commença à réfléchir calmement.

Qu'avait-il fait, au fond, pour tenter de la convaincre ? Il s'était contenté d'abattre ses cartes. Et assez brutalement qui plus est. Puis, au premier signe de rejet de sa part, il était parti en se drapant dans sa dignité offensée. Cela ne lui ressemblait pas de renoncer si vite. Relevant le bord de son chapeau, Aaron sourit en levant les yeux vers les étoiles.

Jillian était butée, compliquée et volontaire. Mais il était parfaitement capable de lui tenir tête. Non, il ne retournerait pas se traîner à Utopia à genoux. Mais il était prêt à repartir sur le champ de bataille. Et à mener une offensive en règle pour récupérer Jillian Baron. Quitte à l'attraper au lasso, à la ficeler et à la marquer s'il le fallait.

Lorsque la porte s'ouvrit derrière lui, Aaron tourna un regard distrait vers l'arrivant. Il se sentait d'humeur infiniment plus sociable, tout à coup.

— Alors, Jennsen ? Tu as eu un coup de déveine

au poker ? lança-t-il en tendant une bière au nouveau venu.

Il nota que le cow-boy donnait des signes de nervosité. Nouveau au Double M, Jennsen ne resterait probablement qu'une saison avant de repartir sur les routes. Rien n'était plus difficile que de donner un âge à ces cow-boys errants dont l'existence silencieuse et solitaire gardait toujours une part de mystère. Jennsen avait cette opacité dans le regard qui vous venait à force de scruter les terres d'autrui sous le grand soleil, sans jamais avoir d'endroit à soi où poser ses bagages.

— Il y a des semaines que la chance me fait faux bond aux cartes, marmonna Jennsen en s'asseyant pour rouler une cigarette. Ce n'est pas comme toi.

Aaron hocha la tête. Apparemment, le cow-boy venait tâter le terrain pour tenter d'obtenir une avance.

— La chance est capricieuse, poursuivit Jennsen en s'essuyant la bouche du revers de la main. Ils n'en ont pas beaucoup du côté de chez Baron, ces derniers temps, avec tout le bétail qu'on leur a sifflé sous le nez. Il y a des petits malins qui ont dû s'en mettre plein les poches.

Attentif à la note d'amertume dans la voix du cow-boy, Aaron lui tendit nonchalamment une seconde bière.

— C'est facile de faire du profit lorsqu'on vend de la viande que l'on n'a pas payée. Mais je dois reconnaître que les voleurs ont opéré comme des pros.

Jennsen tira sur sa cigarette. Il avait vaguement entendu parler d'un rapprochement entre Aaron Murdock et la femme de chez Baron. Mais, depuis trois semaines qu'il observait Aaron, il avait fini par conclure que ces rumeurs n'étaient pas fondées. Ce qu'il savait avec certitude, en revanche, c'est que les deux familles se haïssaient depuis la nuit des temps.

— Je pense qu'on s'en fout un peu, ici, au Double M, si les Baron perdent leur bétail ou non, laissa-t-il tomber afin de sonder les dispositions de Murdock.

Tous les sens aux aguets, soudain, Aaron allongea les jambes devant lui. Il savait que l'ombre de son chapeau cachait son regard à Jennsen.

— C'est à chacun de se débrouiller pour protéger ce qui lui appartient, rétorqua-t-il avec un haussement d'épaules indifférent.

Jennsen s'humecta les lèvres.

— Y en a qui disent que votre grand-père se servait directement dans les pâturages des Baron.

Aaron ricana.

— Possible. Mais il n'y a jamais rien eu de prouvé.

Jennsen prit sa bière et but longuement pour puiser du courage dans l'alcool.

— Il paraît que les gars sont venus carrément jusque dans la cour des Baron pour embarquer un taurillon. Un futur reproducteur à ce qu'on dit.

Les nerfs tendus à se rompre, Aaron contint son excitation. Jennsen était bel et bien venu tâter le terrain. Mais il briguait bien plus qu'une avance…

— Je me demande ce qu'il va devenir, ce jeune Hereford, observa-t-il. Ce serait un gâchis d'en faire de la viande de boucherie, en tout cas.

Jennsen accepta la troisième bière que lui tendait Aaron, but une ultime gorgée et se jeta à l'eau.

— Les gars m'ont dit que tu étais intéressé par le taureau de chez Baron ?

Relevant son chapeau, Aaron lui décocha un sourire avenant.

— Je suis toujours à la recherche de bons reproducteurs. Tu as un filon ?

Jennsen l'examina en silence puis déglutit.

— Il se pourrait que j'aie quelque chose pour toi, ouais.

Jillian ralentit en passant devant chez Aaron et vit que la maison était déserte. Au lieu de faire demi-tour, cependant, elle accéléra de nouveau et poursuivit jusqu'au « ranch house ». En plein milieu de matinée, elle avait autre chose à faire que de traîner au Double M. Mais c'était plus fort qu'elle. Si Aaron ne revenait pas bientôt, elle allait finir par monter le débusquer dans son campement de montagne et…

… et quoi d'ailleurs ? se demanda-t-elle pour la millième fois. Tout ce qu'elle savait, c'est qu'elle venait de passer les trois semaines les plus sinistres de toute son existence. En la quittant, Aaron avait tué quelque chose de vivant en elle — une force vibrante, neuve et joyeuse dont elle s'était soigneusement appliquée à ignorer l'existence.

Elle n'avait cessé de se jurer qu'elle ne tomberait pas amoureuse d'Aaron. Et elle avait continué à nier l'évidence alors que le mal était fait depuis longtemps.

Tomber amoureuse était une expression assez appropriée, d'ailleurs. Lorsque ça vous arrivait, le sol se dérobait sous vos pieds et c'était la chute libre dans le gouffre.

Aaron était-il sincère, lorsqu'il avait prononcé son « je t'aime » ? S'il l'était vraiment, ils auraient chuté à deux. Et ils auraient au moins eu le recours de se raccrocher l'un à l'autre.

Mais s'il était amoureux d'elle, serait-il parti trois longues semaines sans donner de nouvelles ?

— Vous avez l'intention de rester assise dans cette Jeep toute la matinée ?

Tournant la tête brusquement, Jillian vit Paul Murdock qui l'observait, debout sur la galerie. Le feu aux joues, elle descendit lentement de voiture.

— Asseyez-vous, ordonna Paul. Karen prépare une carafe de thé glacé.

Elle s'exécuta poliment en se demandant quel prétexte avancer pour justifier sa visite.

— Il n'est pas encore redescendu des montagnes, précisa Paul avant même qu'elle ait ouvert la bouche.

Comme elle le regardait, interdite, il partit de son grand rire.

— Je suis peut-être vieux mais je ne suis pas

encore complètement gâteux… Alors, c'était à quel sujet, cette grosse querelle d'amoureux entre Aaron et vous ?

— Paul ! protesta Karen, qui arrivait avec un plateau. Arrête de poser des questions indiscrètes.

— Comment ça, « indiscrètes » ? Elle court après mon fils !

En un bond, Jillian se releva.

— Je ne cours après personne. Ce que je veux, je l'obtiens. Point final.

Paul Murdock rit de plus belle.

— Rien à faire, elle me plaît, cette fille. Elle est mignonne, pas vrai, Karen ?

— Ravissante.

Non sans hésitation, Jillian accepta un verre de thé et se rassit.

— J'étais passée donner des nouvelles de la jument à Aaron.

— C'est tout ce que vous avez réussi à trouver, comme excuse ? s'esclaffa Murdock. Je pense que vous pouvez faire mieux.

— Paul…

Karen se percha sur le bras du fauteuil à bascule de son mari et lui entoura les épaules. Paul brandit sa canne en direction de Jillian.

— Vous auriez le toupet d'affirmer que vous ne voulez pas de mon fils ?

— La relation entre Aaron et moi est de nature professionnelle, monsieur Murdock.

— C'est ça, oui… Je vais vous dire une chose, ma petite Jillian, précisa Paul gravement. Lorsqu'un homme est mourant, il n'a plus envie de perdre son temps avec des platitudes. Mais si vous m'affirmez en votre âme et conscience que vous ne ressentez rien pour Aaron, je suis prêt à parler de la pluie et du beau temps aussi longtemps que vous le voudrez.

Jillian ouvrit la bouche. La referma. Secoua la tête.

— Quand reviendra-t-il, monsieur Murdock ? Cela fait trois semaines déjà, murmura-t-elle, admettant sa défaite.

— Il reviendra lorsqu'il en aura assez de se montrer aussi obtus que toi, petite.

Levant les yeux, Jillian observa le couple : le vieil homme malade et sa belle et jeune épouse. Main dans la main. Unis. Le cœur battant, elle comprit que c'était ce qu'elle voulait aussi : le même amour profond et durable qui existait entre ces deux êtres *a priori* si peu assortis.

— Cette Jeep devrait pouvoir monter jusqu'au campement, observa Murdock en désignant sa voiture du menton.

Jillian ouvrit la bouche pour répondre lorsqu'elle vit le vieux pick-up de Gil se garer dans la cour. Fronçant les sourcils, elle se leva.

Gil ôta son chapeau pour saluer Karen et Paul Murdock mais il n'ouvrit même pas sa portière.

— Nous avons une urgence, monsieur Murdock, lança-t-il par la vitre ouverte.

— Que se passe-t-il ? s'enquit Jillian.

— Le shérif a appelé. Il semblerait que l'on ait retrouvé ton jeune taureau. Il aimerait que tu ailles jeter un coup d'œil pour l'identifier.

Saisie de vertige, elle se retint à la portière.

— Petite Boule ? Où est-il ?

— Chez le vieux Larraby. Monte. Je t'emmène.

Murdock se leva.

— Laissez votre Jeep ici. L'un de mes hommes vous la ramènera.

Jillian les remercia, prit congé d'un signe de la main et courut se hisser à bord du pick-up.

— Qui l'a identifié ? s'enquit-elle, surexcitée.

Jubilant intérieurement, le vieux contremaître cracha par la vitre ouverte.

— Aaron Murdock.

— Aaron…

Voir Jillian bouche bée acheva de réjouir Gil.

— Mais comment est-ce possible ? Il est resté dans la montagne pendant trois semaines sans voir personne !

— Apparemment, un des gars qui bossent pour les Murdock était mêlé au vol de bétail — un dénommé Jennsen. Mais lorsqu'il a touché son pourcentage du butin, notre valeureux cow-boy a trouvé sa part un peu maigre. Et comme il a eu tôt fait de la dilapider au poker, il a pensé que si on pouvait prélever cinq cents bestiaux sans se faire pincer, il devait y avoir moyen de sortir une bête supplémentaire pour son usage personnel.

— Petite Boule, autrement dit.

— Exact, acquiesça Gil en prenant une nouvelle prise de tabac. Il a vu que le veau avait du potentiel, alors il l'a conduit chez Larraby pour qui il avait travaillé dans le temps. Mais le gars qui avait organisé le vol de bétail n'a pas apprécié qu'il agisse en solo. La pression a monté et Jennsen s'est senti coincé. Finalement, il a joué le tout pour le tout. Et hier soir, il a proposé le taurillon au jeune Murdock.

Ainsi, elle était redevable à Aaron une fois de plus.

— Nous tenons le bon bout, Gil, lança-t-elle en se frottant les mains. S'il s'agit effectivement de Petite Boule et que ce Jennsen est coupable, nous devrions pouvoir remonter jusqu'au reste de la bande.

Gil toussota et lui jeta un regard en coin.

— Le shérif a déjà mis la main sur les autres coupables. Il a arrêté Joe Carlson il y a deux heures.

Sidérée, elle se retourna sur son siège.

— Mais qu'est-ce que tu racontes ?

— Exactement ce que je viens de te dire.

— Autrement dit, Joe — notre *Joe Carlson* — fait partie des voleurs de bétail ?

Un muscle frémit à l'angle de la mâchoire de Gil.

— On a découvert qu'il s'était acheté un joli petit ranch dans le Wyoming. Et que deux cents bêtes venues d'Utopia paissaient tranquillement sur ses terres.

Consternée, Jillian secoua la tête. Lorsque Clay avait rencontré Joe, il avait refusé catégoriquement de l'embaucher. Et elle avait insisté pour le prendre quand même. La première décision majeure qu'elle avait prise en tant que rancher avait été également sa première grosse bourde.

— Moi aussi, je me suis fait avoir, bougonna Gil. Ça m'apprendra à faire confiance à un type qui se promène avec des bottes neuves et un chapeau propre sur la tête.

— C'est moi qui ai pris la décision de l'embaucher.

— Et moi, j'ai travaillé à ses côtés, bon sang ! Et je n'y ai vu que du feu. Quand je pense que je me suis fait rouler dans la farine comme un débutant !

Gil avait l'air tellement offusqué que ce fut plus fort qu'elle : Jillian éclata de rire. Ce qui était fait était fait, après tout. Elle récupérerait une bonne moitié de son bétail perdu, ses voleurs se retrouveraient derrière les verrous et ses comptes sortiraient bientôt du rouge. Qui sait, même, s'ils ne pourraient pas s'acheter la nouvelle Jeep dont ils avaient besoin ?

Elle se tourna de nouveau vers Gil.

— Et comment as-tu eu le fin mot de l'histoire, alors ? C'est le shérif qui est venu te parler ?

— Pas le shérif, non. Aaron Murdock. Il est passé au ranch tout à l'heure et il m'a tout expliqué.

Le cœur de Jillian battit plus vite.

— Il est passé à Utopia ? *Quand ?*

— Juste avant que je vienne te chercher.

— Ah bon. Et… et il ne t'a rien dit de spécial, à part ça ?

Gil lui opposa un visage impassible.

— Pas grand-chose, non. Il a juste mentionné qu'il avait un emploi du temps chargé. Il a l'air d'être très occupé, ce garçon.

L'œil sombre, Jillian serra les lèvres et se concentra sur le paysage. Gil lui jeta un regard en coin et dissimula tant bien que mal un sourire hilare.

Jillian attendit la tombée de la nuit avant de se décider. Tout l'après-midi, elle avait tourné en rond avec l'espoir qu'Aaron passerait prendre de ses nouvelles. Elle élabora une douzaine de discours d'ouverture et les rejeta tous au fur et à mesure. Elle fit les cent pas dans son bureau jusqu'à user le plancher. Lorsqu'elle comprit qu'elle était en danger de hurler si elle restait une minute de plus confinée entre quatre murs, Jillian enfonça rageusement son Stetson sur son crâne, passa dans l'écurie et sella sa jument.

— Les hommes sont nuls, Dalila, maugréa-t-elle. Si c'est à ce jeu-là qu'il veut jouer, ça ne m'intéresse vraiment pas. Qu'il aille se faire voir, ce Murdock.

Galoper de nuit dans les prés lui changerait les idées. La journée, après tout, avait été riche en émotions fortes. Apprendre que Joe l'avait dépossédée méthodiquement de son bétail tout en se posant en soutien et en ami lui avait fait un choc. Cet homme l'avait trahie alors qu'elle n'avait jamais douté un seul instant de son intégrité.

Et pour couronner le tout, elle se trouvait privée de son responsable des troupeaux. En attendant d'en trouver un autre, elle assumerait les tâches de Joe en plus des siennes. Ce qui aurait l'avantage, cela dit, de détourner ses pensées d'Aaron.

Si ce dernier avait eu le moindre désir de la revoir, il aurait su où la trouver. Apparemment, il s'était vite remis de sa déception, lorsqu'elle l'avait repoussé trois semaines plus tôt. De son côté, elle s'était toujours dit que leur histoire n'était pas faite pour durer. Elle avait peut-être eu un moment de faiblesse ce matin, lorsqu'elle s'était rendue au Double M. Mais elle ne se laisserait plus prendre à ces rêveries absurdes. Elle continuerait à travailler dur dans son ranch. Et dans quelques semaines — quelques mois tout au plus — Aaron ne serait plus qu'un lointain souvenir.

Jillian ne sut jamais si elle s'était rendue délibérément à l'étang ou si elle s'était contentée de lâcher les rênes et de laisser Dalila galoper à sa guise.

L'éclat de la lune pleine posait une touche argentée sur les bouquets de sauge et d'armoise. Jillian tenta de se persuader qu'elle n'était pas triste. Juste fatiguée. Elle n'avait aucune raison d'être malheureuse : les voleurs étaient arrêtés et elle avait récupéré Petite Boule ainsi qu'une bonne moitié du bétail volé. C'était l'épuisement, et *rien que* l'épuisement, qui suscitait en elle cette tenace envie de pleurer.

Lorsqu'elle vit la lune se refléter sur les eaux lisses et noires, elle amena sa jument au trot. Un calme presque irréel régnait près de l'étang. Seul le martèlement des sabots de Dalila troublait le silence profond de la nuit d'été. Elle entendit l'étalon au moment précis où sa jument capta son odeur. Dalila hennit doucement.

Aaron se détacha de l'ombre d'un peuplier et s'avança vers elle sans un mot.

L'attente avait été longue, parfois difficile, mais il avait su qu'elle finirait par venir. Il aurait pu aller la débusquer sur son propre territoire. Ou patienter jusqu'à ce qu'elle se présente chez lui. Mais c'était ici, aux confins partagés de leurs domaines respectifs, qu'ils étaient appelés à se retrouver.

Le ventre noué par la tension, Jillian se laissa glisser au bas de sa monture. Le visage d'Aaron était sombre, son expression dure et fermée. Ainsi c'était ici, près de l'étang de leur rencontre, que leur histoire était destinée à se terminer. Les nerfs à vif, elle attacha sa jument à une branche d'arbre. Lorsqu'elle se retourna, Aaron se tenait juste derrière elle. Silencieux comme un chat sauvage dans la nuit, il s'était rapproché sans qu'elle l'entende.

— Tu es revenu des montagnes, commenta-t-elle, impassible.

Il laissa glisser un regard amusé sur ses traits.

— Parce que tu pensais que je ne reviendrais pas ?

Elle leva le menton.

— Je ne pensais à rien du tout. Et surtout pas à toi.

Un éclair redoutable traversa le regard d'Aaron. Il l'enlaça d'un mouvement implacable et l'amena à lui en lui attrapant la nuque.

— Et ceci ? Tu n'y pensais pas non plus ?

Avant qu'elle puisse répondre, il plaqua sa bouche sur la sienne. Il s'était préparé à ce qu'elle résiste et s'était même réjoui à la perspective de la lutte qui les opposerait. Mais elle fondit littéralement dans ses bras et répondit à son baiser avec sa fougue habituelle.

Lorsqu'il se détacha d'elle, Jillian se raccrocha à ses épaules et enfouit le visage dans son cou. Ainsi, Aaron la désirait encore. Elle n'avait pas tout perdu. Il lui restait au moins ça.

— Serre-moi fort, chuchota-t-elle. Juste une seconde.

D'un geste protecteur, Aaron l'enveloppa dans son étreinte. Comment pouvait-elle produire un pareil effet sur lui ? Le faire passer en l'espace de quelques secondes de la rage à la tendresse ? Peut-être ne saurait-il jamais comment s'y prendre avec elle. Mais il était déterminé à apprendre. Quitte à s'exercer une vie entière s'il le fallait.

Au bout de quelques instants, Jillian se dégagea et leva les yeux vers lui.

— Je tiens à te remercier pour tout ce que tu as fait, Aaron. Le shérif m'a expliqué, pour le dénommé Jennsen et…

— Ce n'est pas de bétail que je veux parler ce soir.

Le cœur lourd, Jillian se détourna. Mais il avait raison. Il était temps pour eux d'aborder la situation de front.

— J'étais sincère, Aaron, lorsque je te disais que tu pouvais te dispenser des mots d'amour avec moi. Certaines femmes ont besoin de les entendre. Ce n'est pas mon cas.

— Je ne les disais pas à « certaines femmes ». Ils s'adressent à toi.

— C'est si facile de dire « je t'aime », murmura-t-elle d'une voix vibrante de tension.

— Pas pour moi, non.

Elle se retourna lentement. Il avait l'air si calme. Seul son regard intense, presque fiévreux, semblait trahir une tension secrète.

— C'est trop dur, chuchota-t-elle.

— Qu'est-ce qui est trop dur ?

— De t'aimer.

Il vit qu'elle avait le menton levé et les yeux noyés de larmes.

— L'amour n'est pas censé être facile, murmura-t-il sans bouger.

— Aucun homme, jamais, ne m'a aimée jusqu'à maintenant. Sauf mon grand-père. Mais nous n'avons jamais mis de mots sur l'affection que nous avions l'un pour l'autre… Alors j'ai pensé que les mots ne pouvaient que tout gâcher.

— Je ne suis pas Clay et je ne suis pas ton père.

Je t'aime comme je t'aime. A ma façon. Et comme personne d'autre ne t'aimera.

Il fit un pas en avant et la vit tendue, crispée, prête à prendre la fuite.

— De quoi as-tu donc si peur ?

— Je n'ai pas peur !

— Tu trembles comme une feuille.

Jillian se tordit les mains.

— J'ai peur que tu ne changes d'avis, admit-elle dans un murmure. Que tu découvres que, tout compte fait, ton amour pour moi était un leurre et que je ne suis pas du tout ce que tu recherches. Et qu'entre-temps je sois devenue tributaire de tes sentiments pour moi — que je ne puisse plus me passer de toi, de ton sourire, de ta présence. Toute ma vie, je me suis battue pour avoir mon autonomie, tu comprends ?

Lorsqu'il tenta de la prendre dans ses bras, elle le repoussa en plaquant les mains sur sa poitrine. Aaron secoua la tête.

— Tu crois vraiment pouvoir me tenir à distance après ce que tu viens de me dire ? Les risques de dépendance, nous les prenons l'un et l'autre, Jillian. Ils sont les mêmes pour moi et pour toi.

— Mais il n'est pas dit que nous ayons les mêmes attentes.

— De quel point de vue, par exemple ?

Elle s'humecta les lèvres.

— Tu penses m'épouser ?

La surprise manifeste dans les yeux d'Aaron la pétrifia de honte et d'horreur.

— C'est une demande en mariage ? s'enquit-il en riant.

Les joues en feu, elle s'arracha à son étreinte.

— Je ne veux plus jamais te voir, lança-t-elle en courant vers sa jument.

Aaron la rattrapa et la souleva par la taille en esquivant un coup de pied de justesse.

— Quel tempérament, marmonna-t-il en la plaquant à terre pour l'immobiliser sous lui. J'ai l'impression que nous allons passer une bonne partie de notre vie commune à nous battre comme des chiffonniers, ma belle.

Avec une patience surprenante, il attendit qu'elle ait fini de l'insulter et de se débattre.

— Il se trouve que j'avais l'intention de te parler mariage de mon côté. Et que je prévoyais d'énormes difficultés pour réussir à te convaincre.

Comme elle ouvrait de grands yeux, il se pencha sur ses lèvres.

— Tu es vraiment très belle, Jillian. Non, non, n'essaye pas de protester car j'ai l'intention de te le dire souvent. Alors autant t'y habituer tout de suite.

— Tu te moquais de moi, chuchota-t-elle.

Mais il lui coupa la parole d'un baiser.

— Je ne me moquais pas de toi, je me moquais de nous. Je te donne une semaine pour t'organiser.

— Une semaine ? se récria-t-elle.

— Tais-toi, femme. Tu as droit à une semaine. Puis nous prendrons dix jours de congé l'un et l'autre pour nous marier.

Comme elle éclatait de rire, Aaron estima que le gros du danger était passé. Il pouvait lui libérer les poignets sans qu'elle en profite pour lui mettre un œil au beurre noir.

— Il ne faut pas dix jours pour se marier, Aaron !

— Je veux dix jours de tête-à-tête avec toi. Et pas un de moins. Puis, une fois de retour ici, nous commencerons à faire des projets.

Levant une main hésitante, elle lui caressa la joue.

— Jusqu'ici, tes projets me conviennent à merveille, Aaron. Dis-le-moi encore.

— Que je t'aime ? Non seulement je suis passionnément amoureux de toi, mais la plupart du temps j'apprécie aussi ta compagnie. Cela dit, ça ne me dérange pas du tout que nous en venions aux mains, à l'occasion.

Fermant un instant les yeux, Jillian secoua la tête. Lorsqu'elle les ouvrit de nouveau, ils étaient emplis de larmes et scintillaient de bonheur.

— C'est sans doute suicidaire de croire un Murdock sur parole mais je prends le risque quand même.

— Et la parole d'une Baron est censée être fiable ?

— La parole d'une Baron vaut de l'or, Murdock.

— Mmm…

Elle rit doucement en pressant les lèvres contre les siennes.

— Je t'aime, Aaron. Et je te promets que tu trouveras en moi une épouse infernale et une associée redoutable… Parle-moi de tes projets maintenant.

— Nous avons un ranch chacun. Nous pouvons les mettre en commun ou non. Les deux solutions me conviennent. Mais pour ce qui est de vivre ensemble… ça ne marchera ni dans ta maison ni dans la mienne. Je propose donc de construire un lieu à nous où nous élèverons nos enfants.

Nous… Le mot glissa sur elle comme une caresse. Comment avait-elle pu mettre tant d'années à se rendre compte que ce « nous » était le plus beau pronom du monde ? Elle se jura de l'utiliser le plus souvent possible dorénavant.

— Et où aimerais-tu que nous construisions notre future chaumière ?

Levant les yeux, Aaron regarda l'étang paisible sous la lune, le petit bouquet d'arbres.

— Au beau milieu de cette fichue ligne de frontière !

Avec un éclat de rire, elle noua les bras autour de son cou.

— *Quelle* ligne de frontière ?

Dès le 1er Juin,
4 romans à découvrir dans la

collection NORA ROBERTS

L'île des secrets

Lorsque des amis lui présentent Nicholas Gregoras, le célèbre milliardaire grec, Morgan retient une exclamation de surprise. Ces yeux sombres, cette silhouette… Ils appartiennent à l'inconnu qui, la nuit précédente, alors qu'elle venait de prendre un bain de minuit, s'est jeté sur elle et l'a gardée quelques instants prisonnière tandis que des bruits de voix mystérieux s'élevaient sur la plage. Menace ou protection ? Morgan ne saurait le dire. Et voilà que celui qu'elle pensait ne jamais revoir se tient de nouveau en face d'elle, ténébreux, dangereusement séduisant. Troublée par le souvenir de leur étrange étreinte, paralysée par ce regard brûlant qui semble lui intimer le silence, Morgan s'interroge : doit-elle se méfier de Nicholas ou, contre toute raison, obéir à l'incroyable attraction que cet homme exerce sur elle ?

Une rebelle chez les MacGregor

Orpheline à six ans, Diana s'est toujours sentie infiniment reconnaissante envers sa tante qui l'a recueillie, au point de se conformer en tout à ce que cette dernière attendait d'elle. Jusqu'au jour où elle apprend que celle qui l'a élevée lui ment depuis toujours. Bouleversée, révoltée, Diana décide de rompre avec sa famille adoptive et de démissionner du prestigieux cabinet d'avocats où elle travaille à Boston. Avec un seul but : se construire une nouvelle vie, une vie à elle, sans personne pour lui dicter ses choix. Et une vie dans laquelle Caine MacGregor, le brillant avocat qu'elle vient de rencontrer, charmeur, irrésistible, n'a pas de place. Car pour Diana, il est désormais hors de question de faire de nouveau confiance à quiconque, ni de risquer son indépendance, et son cœur, auprès d'un homme…

collection NORA ROBERTS

Un sentiment interdit

Si Jillian Baron n'a aucun doute sur ses capacités à diriger Utopia, le ranch que ses aïeux ont fondé et fait prospérer depuis des générations, elle sait en revanche qu'elle va devoir travailler deux fois plus que si elle était un homme pour prouver à tous qu'elle est à la hauteur de la tâche. A tous, et surtout à l'insupportable Aaron Murdock, qui ne cesse de la provoquer depuis qu'il est revenu dans le Montana pour reprendre les rênes de la propriété voisine. Car, malgré la haine ancestrale qui oppose les Baron et les Murdock, cet homme arrogant semble décidé à la séduire coûte que coûte. Furieuse devant son insistance, et plus encore devant la fascination et le désir irrépressible qu'elle ressent pour lui, Jullian se jure de lui résister. Par tous les moyens…

La promesse de l'été

Venue chercher en Floride le calme et la concentration dont elle a besoin pour écrire, Jackie tombe immédiatement sous le charme de la sublime maison d'architecte que son cousin propose de lui sous-louer en l'absence du propriétaire : des murs inondés de soleil, d'immenses fenêtres ouvertes sur le paysage et sur la lumière, et des fleurs magnifiques partout. Aussi s'installe-t-elle sans attendre dans la villa de ses rêves, certaine qu'elle trouvera ici l'inspiration. Sauf que le rêve vire au cauchemar quand un homme incroyablement séduisant, mais à l'évidence furieux, la surprend en train de se baigner dans la piscine, dans le plus simple appareil : Nathan Powell, le propriétaire des lieux. Qui ne sait manifestement rien du contrat de sous-location qu'elle a signé, et exige qu'elle s'en aille sur-le-champ…

A paraître le 1er juillet

Best-Sellers n°470 • suspense

Ombres sur Black Falls - Carla Neggers

Hannah Shay est enfin parvenue à montrer aux habitants de Black Falls, le petit village de montagne où elle est née, ce dont elle est capable : le café qu'elle y a ouvert est un succès et elle va bientôt devenir magistrate. Mais quand son établissement se retrouve au cœur d'une enquête sur une série de crimes violents perpétrés dans le domaine montagneux des Cameron, Hannah est pétrifiée d'angoisse. D'autant plus que Bowie, son ami d'enfance est soupçonné par la police d'être mêlé à ce cauchemar… Hannah refuse d'y croire, et les soupçons de Sean Cameron, revenu à Black Falls pour tenter de démasquer l'assassin de son propre père, l'une des victimes, n'y changeront rien. Sean… Un homme intrépide qu'adolescente, elle aimait en secret, et qui tente aujourd'hui de la convaincre de participer à ses recherches. Que faire ? Car tout comme Sean, Hannah sent que le tueur va bientôt frapper… et il pourrait bien se trouver plus près d'eux qu'ils ne le pensent.

Best-Sellers n°471 • suspense

Face au danger - Brenda Novak

Traumatisée par la violente agression dont elle a été victime trois ans auparavant, Skye Kellerman a mis du temps à surmonter ses angoisses. Ce n'est que depuis peu qu'elle reconstruit son existence autour de l'association d'aide aux victimes qu'elle a créé en Californie avec deux amies. Mais quand elle apprend que son agresseur, Olivier Burke, est sur le point d'être libéré pour bonne conduite, bien avant la fin de sa peine, toutes ses peurs ressurgissent brutalement : comment oublier que c'est son propre témoignage qui a permis d'envoyer cet homme derrière les barreaux ? Lui n'a certainement pas oublié qu'il a tout perdu par sa faute. Le temps presse et Skye n'a qu'une solution : faire ce qu'il faut pour que Burke ne sorte pas de prison, en commençant par prouver son implication dans trois affaires de meurtres survenues à l'époque de son agression, et qui n'ont jamais été résolues... Heureusement, elle peut compter sur l'aide et le soutien inconditionnel de l'inspecteur David Willis, qui est venu la trouver. Car lui aussi en est convaincu : Burke n'en restera pas là.

Best-Sellers n°472 • thriller

La proie du silence - Karen Rose

L'incendie criminel de Minneapolis dans lequel Tracey, une adolescente atteinte de surdité, a trouvé la mort en pleine nuit, est un véritable choc. Ecœurée par le sort de cette toute jeune fille que son handicap a sans doute empêché de fuir suffisamment tôt, l'inspectrice Olivia Sutherland se sent prête à tout pour retrouver les coupables. D'autant plus que ses recherches l'orientent rapidement vers d'autres agissements sinistres : ceux d'un maître chanteur qui n'hésite pas à tuer les proies qui lui résistent. Perturbée par son enquête, Olivia l'est encore plus quand elle doit interroger David Hunter, le pompier qui a risqué sa vie lors de l'incendie pour tenter de sauver Tracey. David, un homme secret et mystérieux qu'elle a aimé autrefois, et qui lui a brisé le cœur. Elle accepte pourtant l'aide qu'il lui propose pour mettre la main sur ce criminel cynique et calculateur. Un criminel toujours proche mais jamais visible – et qui sème la mort sur son passage.

Best-Sellers n°473 • roman

Le printemps des rêves - Debbie Macomber

Séparée de son mari depuis peu, Rosie a bien du mal à prendre un nouveau départ. Non seulement Zach revendique la garde de ses enfants, mais les deux adolescents tumultueux lui mènent la vie dure. Heureusement, son métier d'institutrice la passionne et elle peut compter sur l'aide et la compréhension de son entourage. D'autant qu'elle n'est pas la seule à traverser une période de doute et de remise en question : Grace, qui habite non loin de là, essaye elle aussi de prendre un nouveau départ, même si elle a encore du mal à s'y retrouver dans sa vie sentimentale depuis la disparition brutale de son mari. Elle-même sait pouvoir compter sur sa meilleure amie Olivia, qui semble vouloir donner une nouvelle chance à sa relation avec Jack. Ainsi que sur sa fille aînée Maryellen qui, après des relations houleuses avec Jon, vient de mettre au monde une merveilleuse petite Katie. Bref, c'est tout un univers chaleureux qui aide Rosie à prendre en main son avenir et celui de ses enfants. Un univers où les gens finissent toujours par se retrouver car, à Cedar Cove, on n'est jamais très loin les uns des autres…

Best-Sellers n°474 • paranormal

Le papillon des ténèbres - Gena Showalter

Gideon, ténébreux guerrier mi-ange mi-démon, possède le pouvoir de détecter le mensonge et la tromperie. Pourtant, quand l'immortelle Scarlet se présente à lui, couronnée de sa chevelure d'ébène, il perd tous ses moyens. Envouté par son parfum d'orchidée, captivé par tant de beauté, il écoute son incroyable histoire, incapable de savoir si elle lui dit la vérité. Mais comment la croire quand elle lui affirme qu'elle a un jour été sa femme alors qu'il n'a aucun souvenir d'elle ? Et surtout, comment la protéger sans mettre en danger ses compagnons et sans se détourner de sa propre quête, celle qu'il poursuit comme prince des seigneurs de l'ombre ? Une force irrésistible le pousse néanmoins à vouloir connaître la vérité et comprendre ce qui l'attire en elle. Car bien au-delà du désir, Gideon sent qu'un lien très particulier l'unit à Scarlet. Un lien qui, s'il le découvrait, pourrait détruire celle qu'il commence à aimer…

Best-Sellers n°475 • thriller

Piège de neige - Lisa Jackson

Prisonnière du criminel pervers qu'elle traque depuis des semaines dans l'hiver glacial du Montana, l'inspecteur Regan Pescoli n'a plus qu'une obsession : s'échapper coûte que coûte. Aussi essaie-t-elle, dans le cachot obscur et froid où elle est enfermée, de dominer la terreur grandissante qui menace de la paralyser. Car ce n'est pas seulement sa vie qui est en jeu, mais également celle d'autres captives, piégées comme elles et promises à la mort.

Pour les sauver, autant que pour retrouver ses enfants et Nate Santana, l'homme qu'elle aime, Regan est déterminée à découvrir le point faible du tueur. Pour cela, il lui faudra aller au bout de son courage, de sa résistance physique… Et vaincre définitivement ce maniaque, avant qu'il ne soit trop tard.

Best-Sellers n°476 • historique

Lady Secret - Nicola Cornick

Angleterre, Yorkshire, 1805.

A la seconde où elle est entrée dans la somptueuse salle de bal de Cole Court, Marina a senti son regard posé sur elle. Le regard d'un homme sûr de lui, déterminé à percer ses secrets. Et, dès qu'il s'est avancé, elle a su que cet homme sombre et arrogant était le mystérieux inconnu de Londres. Celui qu'elle a embrassé dans la taverne, quelques mois plus tôt. Un baiser enivrant dont le seul souvenir suffit à faire naître en elle un délicieux frisson.

Pourquoi est-il ici ? A-t-il découvert sa véritable identité ? Les questions fusent dans l'esprit de Marina tandis que l'inconnu approche, un sourire prédateur aux lèvres. Car si cet homme venait à découvrir les raisons de son séjour à Londres, il ne tarderait pas à déchirer le voile de mensonges derrière lequel elle se cache depuis des années…

Best-Sellers n°477 • roman

L'été des secrets - Susan Wiggs

Quand elle aperçoit les premiers rayons du soleil scintiller sur le lac des Saules, Claire Turner, une jeune infirmière, est envahie par un sentiment de bien-être presque irréel. Venue pour prendre soin de George Bellamy, un vieux monsieur qu'elle adore, elle ne s'attendait pas un instant à se retrouver, le temps d'un été, dans ce cadre enchanteur. Malgré tout, sa mission s'avère délicate. Elle a en effet promis à George de l'aider à réaliser son rêve de toujours : se réconcilier avec son frère sur les lieux de leur enfance, là où, cinquante ans plus tôt, s'est joué le drame qui les a conduits à se perdre de vue. Heureusement pour Claire, Ross Bellamy, le petit-fils de George, semble prêt à tout pour aider son grand-père à réaliser ses souhaits les plus chers. Ross qui hante ses rêves depuis le jour de leur rencontre. Même si, hélas, elle sait que de terribles obstacles liés aux secrets de son passé se dresseront, quoiqu'il arrive, entre elle et lui.

Composé et édité par les
éditions Harlequin
Achevé d'imprimer en France (Malesherbes)
par Maury-Imprimeur
en mai 2011

Dépôt légal en juin 2011
N° d'imprimeur : 163784